U0529865

小城律师

余安平●著

中国言实出版社

图书在版编目(CIP)数据

小城律师 / 余安平著. -- 北京：中国言实出版社，2023.4

ISBN 978-7-5171-4367-3

Ⅰ.①小… Ⅱ.①余… Ⅲ.①长篇小说－中国－当代 Ⅳ.① I247.5

中国国家版本馆 CIP 数据核字（2023）第 008135 号

小城律师

责任编辑：王建玲
责任校对：张天杨

出版发行：中国言实出版社
　　地　　址：北京市朝阳区北苑路180号加利大厦5号楼105室
　　邮　　编：100101
　　编辑部：北京市海淀区花园路6号院B座6层
　　邮　　编：100088
　　电　　话：010-64924853（总编室）　010-64924716（发行部）
　　网　　址：www.zgyscbs.cn　电子邮箱：zgyscbs@263.net

经　　销：新华书店
印　　刷：成都市兴雅致印务有限责任公司
版　　次：2023年4月第1版　2023年4月第1次印刷
规　　格：880毫米×1230毫米　1/32　5.5印张
字　　数：124千字

定　　价：78.00元
书　　号：ISBN 978-7-5171-4367-3

目录 CONTENTS

01　囚犯绝食 …………………… 001

02　临危受命 …………………… 011

03　工伤疑难 …………………… 018

04　讲座偶遇 …………………… 025

05　离婚危机 …………………… 032

06　枪案保命 …………………… 038

07　无罪释放 …………………… 044

08　偶遇故人 …………………… 051

09　新人入伙 …………………… 058

10　法律援助 …………………… 064

11　高校讲座 …………………… 070

12　庭审逆转 …………………… 076

13　法院座谈 …………………… 082

14	送法下乡	088
15	新来文员	094
16	重逢女神	100
17	刑事论坛	107
18	恢复名誉	112
19	强拆翻案	119
20	意料之外	125
21	重返武汉	131
22	黄冈探亲	138
23	港口血案	145
24	老板困境	152
25	折冲樽俎	159
26	走向远方	166

01 | 囚犯绝食

"监狱长,我是郑英杰。"一位瘦高个子警官正在接电话。

"这几天我们安排了心理医生,给钱润林做心理辅导,也安排了钱润林的湖北老乡跟他谈话,但他还是一言不发,态度很不好。听说钱润林信佛,我们通过宗教事务局联系了一位法师,现在正在给他做思想工作,应该会有效果。"

"监狱长,我知道今年我们要参加全国模范监狱评选,这关系到我们惠海监狱全体人员的荣誉,我与孙晓薇保证完成任务,绝对不会出任何差错。"

郑英杰刚放下电话,又一个电话打进来。"郑科啊,不好了,钱润林继续绝食,怎么做工作都不行,再饿下去要出人命了,靠医生打营养针解决不了问题啊。"

"晓薇,你慢慢说,究竟是怎么回事?不是安排法师过去了吗?难道说钱润林不信佛?"

"郑科,不是钱润林不信佛,是钱润林很挑剔,那位法师没注意仪表,钱润林一看他穿着花领衫,就说法师六根不净,然后很生气,要法师出去。"

"后来呢?法师没有想办法与钱润林交流沟通吗?他们没有说上话?"

"后来钱润林就闭口不言,根本不给法师开口交流的机会,我们也只好作罢。"电话那头,孙晓薇也很无奈。

"那就只能再想办法了,让他们安排医生继续打营养针,再熬点汤与稀饭,就是灌也要让钱润林吃东西。还有,你们联系上钱润林的家人了吗?"

"联系上了,但他家里人很冷漠,说他们管不了这么多,让我们继续想办法。"

"晓薇啊,你脑瓜子比较灵,看还有什么好办法没有?"

"郑科啊,要不我们向法官或者律师求助吧,服刑人员绝食往往都是陷入了法律认知的死胡同,也许法律人士会有办法。"

"这也是个办法,晓薇你去安排吧,来我们监狱讲过课、提供过法律咨询的法官、律师不少,你看看邀请谁比较好。这次一定不能出现法师穿着花领衫这种事,要找一位不仅业务能力强,而且看起来很朴实的,让钱润林一看就能接受。"

"郑科啊,我觉得还是找律师吧。法官太严肃了,我担心引起钱润林的对抗情绪。律师里面,我觉得赵彬彬不错,与钱润林是湖北老乡,又都来自农村,更容易产生心理认同感。而且赵彬彬人很朴实,还在基层派出所工作过,懂得普通群众的心理。"

"好的,你现在就去联系吧。他们律师事务所主任孙泽明也是我们监狱的常客,上次还洽谈过要不要换他们做常年法律顾问的事情。你直接与孙主任联系就好,让他们安排赵律师过来"。

一位背着双肩包的矮个子年轻人,紧跟着一位三十多岁提着皮包的高个子,健步走出了惠海市看守所的大门,走向路边的停车场。

矮个子坐到驾驶座上,边系安全带边对坐到副驾驶座上的高个子说:"赵律师,行政主管虹姐刚打来电话,说惠海监狱有一名囚犯绝食,请求我们律师事务所派一名有经验的律师去提供心理辅导,监狱还点名要您去。孙主任问您下午是否有空,越早越好。"

"小李,我们下午原定是去惠湾区人民法院提交补充辩护词吧?那你联系一下书记员,看看能否改为明天上午过去,也是当面和主审法官周庭交流我们对这个入户抢劫案的看法。"

高个子是广东惠明律师事务所赵彬彬律师,他一身黑色立领西装,一头板寸短发,配上黑色口罩,显得有些神秘。矮个子则是他的助理李月华,穿着一套黑色西装,小伙子也精神抖擞。

趁着李月华给法院书记员打电话的空当,赵彬彬赶紧刷一下手机,回复几个微信留言。孙泽明微信留言,要求他做好准备,发挥善于沟通的特长,尽快去监狱提供帮助。

"赵律师,书记员说周庭明天上午在,让我们早点过去。他们明天上午10点有个庭要开,我约了上午9点钟,我上午8点过来接您可好?"

"好的,小李,我们现在回所里,我需要了解一下惠海监狱囚犯绝食的基本情况。"

李月华在惠海市中心秀水湖旁边一栋商住综合体前停好车,跟着赵彬彬来到楼上的律师事务所办公区。

前台小女生客客气气地跟赵彬彬打招呼:"赵律师上午好。"

赵彬彬边回应"上午好"边带着李月华走进办公室。一路上，助理区的年轻人都客客气气地打招呼，赵彬彬逐一回礼。

赵彬彬的办公室十几平方米，靠窗放着办公桌，窗户正对着楼下清澈的秀水湖。到了办公室，赵彬彬麻利地摘下口罩，打开电脑查阅文件。李月华则娴熟地烧开水泡茶，转眼间一杯绿茶端到了赵彬彬面前。

赵彬彬喝了几口茶，一位穿着职业套装的中年女子轻轻敲门，走进赵彬彬的办公室。她把一盆兰花放在赵彬彬的办公桌上，然后对赵彬彬说："赵律师，惠海监狱正在评选全国优秀监狱，但他们的一名囚犯绝食，他们找过心理医生甚至宗教人士，都没办法让这名囚犯稳定情绪恢复进食。因此惠海监狱的孙晓薇副科长联系我们，要求我们派一名经验丰富的律师过去提供帮助，这次非赵律师您莫属了。孙科说他们下午3点在监狱办公楼等您，已经通知了门口保安，您可以直接把车开到门内右边的停车场。"

这位女子就是广东惠明律师事务所行政主管钱虹。她接到李月华回复的电话，立即安排好了对接工作。崇尚效率的赵彬彬，就喜欢钱虹这种简洁明快与雷厉风行的作风。

"好的虹姐，我下午直接过去，辛苦你啦。"

钱虹说句"不辛苦"，转身离开赵彬彬的办公室，轻轻关好门。

赵彬彬边喝茶边交代李月华："小李，你整理一下刚才会见的笔录，写一份法律分析意见书的初稿，晚饭前发给我。这虽然是法律援助案件，但我们也要尽职尽责。"

下午3点，赵彬彬准时出现在惠海监狱办公楼门口。

"赵律师好，这是我们郑英杰科长，他会向您介绍案件的基本情况。"孙晓薇是赵彬彬的老朋友,一身警服英姿飒爽,"郑科,这是赵彬彬律师,惠海市的青年骨干律师,多次来我们监狱参加送法进高墙普法活动,跟您一样是军人出身,作风干练。"

"赵律师是哪支部队的?我原在孝感空降兵部队,去年底转业到惠海监狱,天下军人是一家,我们可以多一些交流,后面会经常有事麻烦赵律师。"

"您是前辈,我是后生,我在惠州罗浮山部队当过两年兵,在您眼中属于新兵。郑科在孝感的空降兵部队?那是半个湖北人啊,我是湖北黄冈的,世界真的很小。"

寒暄几句后,郑英杰开始步入正题。

"服刑人员钱润林去年初因为强奸罪被惠海市惠湾区人民法院判处有期徒刑四年。不服上诉后,惠海市中级人民法院驳回上诉维持原判。去年底送来我们监狱,钱润林一直喊冤,拒绝接受监狱改造。今年以来钱润林多次吞食异物试图自杀,这两天则是绝食。我们监狱邀请了心理医生、宗教人士与他交流,但都没有效果。"郑英杰满脸无奈。

"囚犯存在心理障碍,这当然不是心理困惑,而是法律困惑。"赵彬彬直言不讳地说。

"所以我们只好请找赵律师过来,心病终须心药医啊。"

"要让他恢复进食,就必须打开他的心结,关键是帮他解释清楚法院为何作出这种判决,他有没有救济手段,如何进行救济。只要让他看到希望,他就不会再做这种傻事了。"

"还是赵律师这样的老兵出马比较好,我还听说赵律师在基层派出所工作多年,处理突发性事件经验丰富。千斤重担,只能交给赵律师了。"郑英杰紧紧握住赵彬彬的手。

"钱润林的起诉书、判决书、辩护词、鉴定书、上诉状,都拿给我看看吧。'治病救人',需要查明病情。郑科请放心,我会努力说服钱润林的。"

下午4点,赵彬彬在狱警的陪同下来到病床边,见到了奄奄一息的钱润林。

"钱润林啊,这位是广东惠明律师事务所的赵彬彬律师,也是你的老乡,你们可以聊聊。"

郑英杰把赵彬彬介绍给钱润林,随即站在旁边观察。赵彬彬让郑英杰带着几位狱警留在门外,但郑英杰担心赵律师的安全,说什么也不愿意。

"钱润林,你是湖北广水的?我是湖北黄冈的,我们是老乡啊。"赵律师与钱润林从老家谈起,谈到当年读书的艰辛,谈到老家的风土人情。

钱润林也从一言不发,慢慢地开始接上几句话:"我是被冤枉的,我不是强奸犯。我是真心喜欢冯晓娴,我真没有强奸她。"

钱润林终于愿意讲他的故事,他把自己与受害人冯晓娴如何认识、如何相爱、如何同居,又如何被冯晓娴的姐姐冯晓慧报警说自己强奸了冯晓娴的故事诉说了一遍。

赵律师一边听一边做笔记,遇到有疑问的地方则停下来问几句。

终于听完了钱润林的诉说,赵律师问了他十二个问题。

第一,案发前你们是在哪家酒店入住?她订的房还是你订的房?

第二,入住酒店前你们有没有喝酒,有没有吃药?

第三,入住酒店时,你们是分开走进酒店的,还是一起走进酒店的？有没有牵着手或者抱着她？

第四，她当时穿什么衣服？衣服有没有撕烂？

第五，她身上有没有伤痕？你身上有没有伤痕？

第六，她姐姐为何会报警？警察进入房间时，你们在干什么？

第七，警察给你做笔录时，有没有告知你的基本权利？笔录有没有让你核对？你是什么学历？读过高中吗？

第八，你有没有请律师？律师是什么时候介入的？你有没有签署认罪认罚具结书？

第九，你有没有向办案机关或律师陈述你有冤情？法庭上你有没有为自己鸣冤叫屈？

第十，谁帮你办理了上诉？上诉期间你有没有告诉法官和律师你有冤屈？

第十一，你被关押后，冯晓娴有没有给你送过东西？你家里人有没有来看过你？

第十二，你认为自己是被冤枉的，你有哪些冤情？

钱润林捂着脸说："没有人相信我，大家都说我是强奸犯。冯晓娴不要我了，我哥哥和嫂子也不要我了，我妈气得一病不起，前不久过世了，我爸也只剩下半条命了。"

赵彬彬说："我不知道现场发生了什么，只能通过证据来查明你是否被冤枉。

"如果你自己都不能站出来为自己洗冤辩白，那还有谁能帮你呢？你什么都可以跟律师说，律师与医生一样，都有保密义务。

"如果你一直不愿意说出真相，办案机关当然会认为他人的指控让你无话可说，你也就失去了救助自己的机会，岂不是让自己这一生都背着强奸犯的污名?"

钱润林听罢不禁放声大哭,等他哭完了,这才一一回答赵律师的问题。

赵彬彬听了钱润林的话,立即帮他分析案情——

"那天晚上是你订的房,但她同意深夜与你去开房,而且此前发生过性行为,这说明她同意与你发生性关系。

"入住酒店前你们喝了一点啤酒,这不足以让她因为醉酒而失去反抗能力。你们没有吃可能导致失去意识的药物,这也说明发生关系时她是清醒的。

"入住酒店时,你们是一前一后走进去的,不存在你挟持她的行为。她如果不愿意跟你去开房,完全可以不跟着你走。

"她当时穿着牛仔裤,牛仔裤当然没办法徒手撕破。她身高一米六三体重六十三公斤,你身高一米七一体重只有六十六公斤,你的体力相对于她不占绝对优势。你用一只手,根本没办法脱下她的牛仔裤,必然需要她帮忙脱下牛仔裤。

"你身上没有伤痕,说明她对你没有任何反抗行为。她身上有伤痕,但这伤痕只是普通的抓痕,而且是在肩膀上而不是其他关键部位例如脖子上,不能排除是你们发生性关系时无意中挠伤的。这种伤痕体现的暴力强度显著轻微,不足以让成年女子不敢反抗或者不能反抗。

"她姐姐在上海报警,可能是她偷偷告诉她姐姐说你强奸她,这是对你最不利的证据。但没有手机微信内容提取,也就无法查明她如何与她姐姐联系。警察进入房间时,你们正在一起睡觉,但这只能说明你们发生了性行为,无法说明你们发生性行为违反了女方意愿。

"你只有小学文化,没有认真核对笔录,这也是对你最不利的方面，需要通过其他方式来证明你的清白。

"你没有请律师，也没有签署认罪认罚具结书，庭审阶段才有法律援助律师介入。庭审中你一言不发，法律援助律师做轻罪辩护，这如何能够帮你鸣冤叫屈？

"你自己办理了上诉，却没有说清楚为什么无罪。二审法院对一审法院的判决大多数情况下都会维持，除非你有足以让法官对一审判决产生怀疑的观点或证据。要二审法院仔细审查，需要你自己去努力配合律师，也需要律师尽职尽责辩护，而不是自己主动放弃辩解。

"你家里没有人给你送东西，那也是因为他们以为你是强奸犯。冯晓娴给你存过钱，说明她对你还是有感情的，当时报警应该另有隐情。

"你认为自己有冤情，就应该自己站出来为自己鸣冤叫屈，而不是自残甚至绝食。你没想过绝食的后果吗？你要是死了，谁为你申冤？谁来平复你母亲的愁怨？谁来让你的父亲、哥哥、嫂子挺直腰杆做人？

"法律是公正的，但法律的公正不是坐等的，需要你努力争取。只有你自己才知道案发现场的细节，你不去争取自己的清白，难道还等别人帮你争取清白？谁有你清楚案情？

"客观事实只有你们当事人知道。法官、检察官与律师，都只知道法律事实。法律事实需要你通过法律手段去证实，否则谁能相信你真的有冤屈？"

赵彬彬律师的一席话，终于让钱润林看到了平冤昭雪的希望。他说他要站起来为自己申冤，他要向法院申诉。

郑英杰当场表示，监狱会协助钱润林申诉："我们的原则是，不放过一个坏人，但也不会冤枉一个好人。有赵律师帮你，我们也就放心了。"

走出监区，孙晓薇科长握住赵律师的手说："还是你们律师有办法，许多话我们也跟他讲过，但没有你们律师讲得这么专业。我们监狱申报全国模范监狱，少不了律师的帮助，回头我向监狱长汇报，建议请你们做常年法律顾问。"

赵律师说："作为律师，帮助他人从善向善是我所追求的。服刑人员的改造，需要我们律师的时候，随时告诉我们。"

02 | 临危受命

"孙主任啊，我是小赵，刚从惠湾区法院出来，电话静音了。我与周庭交流了那个入户抢劫的法律援助案件的意见，周庭基本赞同我们的观点，认为本案当事人虽然带有刀具进入他人房间，但只是偷窃，被发现后也是立即逃走，没有任何反抗动作。被其他人抓获扭送至派出所后，发现身上带有刀具，但该刀具只是用于盗窃时打开箱包，并不能直接定义为入室抢劫。"

"您说有个村民被刑事拘留的案件让我处理？他们就在律师事务所等候？好的，好的，我现在就回所里，应该半个多小时到。"

赵彬彬提着包走出法院大门，一边接电话一边等着李月华开车过来接他回律师事务所。

"赵律师，前台小莉来电话，说有两位村民带着小孩在所里求助，孙主任让您接待。她已经安排客人在3号会客厅等您。"李月华边开车边向赵彬彬汇报。

"知道了，刚才孙主任也来了电话，我们现在回去。"赵彬彬坐上车，交代完即闭目养神，这几天一直忙于奔波，他实在太累了。

"赵律师啊，你一定要救救我老公啊，他真的是无辜的。他被抓进去了，我们一家人怎么活啊。"

赵彬彬带着李月华来到会客室，一位中年妇女与一位老太太立即抱着一个幼儿站了起来。

"赵律师啊，我是龙山高新区伦湖镇侨星村的村民陈香兰，这是我家婆，这是我女儿。我昨天接到我丈夫褚志刚被刑事拘留的通知，我去村里找村干部帮忙，村主任让我来惠明所找孙主任，孙主任说您最擅长办理刑事案件，让我来找您。"

老太太也是一把鼻涕一把泪地诉说着，赵彬彬听不懂方言，李月华就跟老太太聊了起来。李月华是本地人，听得懂客家话，这次正好派上用场。

在广东办案，还是与一位懂客家话、潮汕话或者白话的人做拍档比较好。前年赵律师接待一位不会说普通话也不会写简化字的香港客人，就饱受语言沟通障碍之苦，只能让前台文员客串"翻译"。赵彬彬痛定思痛，这才于去年招了惠海学院政法系毕业的李月华。

李月华是惠海本地人，大学阶段就通过了法律职业资格考试。小伙子热情、有想法，办事挺认真，客家话讲得不错，也懂一些白话甚至潮汕话。李月华还会开车，于是赵彬彬就将自己那辆二手的雪铁龙世嘉交给李月华使用，接送自己办事也很方便。

赵彬彬细问才知道，原来年初深圳一家挖沙公司在陈香兰他们村的河道里挖沙，大型机械毁坏了村道，甚至导致村里的孩子受伤。村民很气愤，就去找这家公司理论，要求将村道恢复原状并赔偿损失。褚志刚作为村里有文化的年轻人，参与理论也就义不容辞，不料却被伦湖派出所的警察抓走了。

公安机关的拘留通知书显示，褚志刚涉嫌寻衅滋事罪，被关押在惠海市看守所。

"我老公只是去了一次现场，也没有偷也没有抢，甚至没有打闹，怎么就构成寻衅滋事罪了呢？"陈香兰满是不解与焦虑，见到赵彬彬如同见到了救命稻草。

"不要着急，我慢慢问，你慢慢回答。你丈夫褚志刚究竟构不构成寻衅滋事罪，关键是他在现场干了什么。"

赵彬彬随即询问了陈香兰四个问题。

第一，你丈夫为何去现场？是去跟挖沙公司讲道理，维护村民利益，还是去恐吓甚至要挟他们？

第二，你丈夫去现场做了什么？在现场有无参与打斗、哄抢甚至破坏机器等行为？

第三，你说你丈夫第二天带孩子去医院看病了，不在冲突现场，有没有相应的证据？

第四，你丈夫有没有与其他人商量，如何去向挖沙公司讨回公道？如果有的话，你清楚他们是如何商量的吗？

陈香兰说："我也不是很清楚案情，只知道我老公褚志刚去了现场，然后就被抓走了，他们说本案属于扫黑除恶案件。可我丈夫真不是坏人，更不是什么黑恶势力，赵律师你要帮我们做主啊。"

赵律师安排李月华办理相关辩护委托手续，并向律师事务所提交代理本案的汇报资料。

赵律师安慰家属说："如果你丈夫只是到了现场，并没有过激行为，再加上你们有第二天警察赶到现场时，你丈夫不在现场的证据，那么这个案件就存在无罪辩护空间，你丈夫就有机会放出来。"

陈香兰好不容易平静下来，突然接到办案民警的电话："是褚志刚的家属吧？你来一趟伦湖派出所找卫警官，拿一份褚志刚的逮捕通知书。"

陈香兰一听傻眼了："没想到这么快就批准逮捕了，我该怎么办啊？我听村里的人说了，只要逮捕了都有罪，我们这一家还怎么过啊。"

陈香兰抱着女儿瘫软在椅子上，陈香兰的婆婆也急得直抹眼泪，这让赵彬彬有些手足无措。

赵彬彬这几年虽然接触的无罪案例不少，但基本都是争取不批准逮捕放出来的。批准逮捕后释放出来，赵彬彬只是听说过，无论是做协警还是做警察，他都还没有办理过。毕竟批准逮捕后无罪释放，属于典型的"错案"，检察院需要承担错案责任。

这时赵彬彬的电话震动了，他示意大家安静，然后接通了电话。

"孙主任啊，正要向您汇报，褚志刚涉嫌寻衅滋事罪，已经被检察院批准逮捕了。本案又是扫黑除恶案件，我们能不能继续做无罪辩护呢？"

"检察院也是讲道理的，只要确实属于无罪案件，律师有理有据的法律意见他们还是会听取的。小赵啊，你要放开手脚，放下包袱，大胆去辩护。不要因为是扫黑除恶案件就怯场，无论是哪一类案件，最终是靠证据说话的。你按照正常思路去辩护就行了，需要汇报给律师协会的，你让钱虹去处理。"

"有了孙主任这席话，我就放心了。我会尽职尽责地辩护，有什么新情况或是难处，再向孙主任汇报。"

赵彬彬转身对陈香兰说："本案既然批准逮捕了，说明现有初步证据让检察院认为需要追究刑事责任，因此必须有律师介入辩护。本案并非没有无罪辩护空间，我们还有机会去争取不起诉，提醒检察院注意本案达不到证据确凿的定罪程度。当然，最终能否争取到不起诉，还需要见到褚志刚本人了解情况后得知。"

"小李，我现在预约明天上午会见，你带着客人去办手续吧。"赵彬彬边在手机上预约会见，边交代李月华，"记得9点半来接我，带上会见的各种手续。"

李月华第二天准时开车接到赵彬彬来到市看守所。他刚刚拿到实习律师证，这次终于可以跟着赵彬彬去看守所了。

赵彬彬在看守所见到褚志刚，寒暄几句后，就开始围绕曾经问过郑兰香的几个问题组织了询问，特别是案发现场的细节部分。

"赵律师，我真的是被冤枉的。我在深圳有正常工作，这次是因为孩子不舒服才回老家的。挖沙公司的挖掘机不仅压坏了我们村的村道，还造成了村里的小孩受伤，我是跟着村民一起去跟施工人员理论，要求挖沙公司立即停工作出赔偿的。赵律师，我这是在主持正义啊，怎么可能是寻衅滋事呢？

"赵律师啊，第二天有村民与施工单位发生冲突，有斗殴行为，甚至有些村民很冲动，为了制止他们继续施工，往挖掘机的发动机里灌入白糖水。这些行为当然不对，但这些我只是事后听说，我不在现场，也没有事先通谋。第二天我带孩子去龙山区中心人民医院看病了，有相应的门诊病历与手机缴费记录。

"赵律师,你一定要帮我主持正义啊。我上有老母下有幼女,要是就这样被判有罪了,我们一家人怎么生活啊。你一定要帮帮我啊,我出去了一定会报答你的。"

赵彬彬听完褚志刚的表述,对他说:"你放心,只要你所述属实,本案就有很大的机会不起诉。你记住一句话,'真的假不了,真金不怕火炼;假的真不了,它总会露馅'。你要对中国的法治有信心。办案机关不可能针对你一个人,可能是忽略了你可能无罪的证据,我们需要一起努力。"

赵律师合上笔记本,一边鼓励褚志刚坚持实事求是,一边告诉他本案还有机会去争取无罪释放。

李月华受不了这种场面,在离开看守所的车上,一直坚持褚志刚是被冤枉的。上午接待褚志刚家属时,李月华眼泪就下来了,他见不得别人受委屈。

赵彬彬很喜欢李月华身上流露的这种正义感,这才是律师该有的样子,这样的人做律师才能走得更远。因为他们不是把律师简单看成一种谋生的职业,而是当作一种追求公平公正的事业。但赵彬彬还是告诫李月华说:"律师需要法律思维,无论是同情还是厌恶,都需要建立在有效证据的基础上。你容易受别人感染,这说明你很有同情心与正义感,但这种朴素的正义感,很容易偏离法律理性的方向。"

回到办公室,赵彬彬要求李月华做四件事。

第一,收集广东地区尤其是珠三角地区寻衅滋事无罪案例至少十宗,归纳这些法院作出无罪判决的理由。

第二,收集广东地区尤其是珠三角地区寻衅滋事无罪案件的法律意见书或辩护词,总结出他们无罪辩护的基本要点。

第三,与该村村委会取得联系,明天我们下村了解情况,查明当时爆发冲突的缘由。

第四，整理出一份法律意见书初稿，周日前交上来，下周一向孙主任做个汇报。

"赵律师您好，我是司法局普法科的小蒋啊，上个月我们一起参加过劳动合同法普法讲座。晚上有空碰个头吗？我一位亲戚提前下班回家后突然死亡，没有被认定为工伤，需要您帮忙。"赵彬彬正与李月华商量褚志刚案件的对策，突然接到市司法局蒋惠忠科长的电话。

"好的，好的，蒋科，我会按时赶过来。"赵彬彬与蒋惠忠通完电话，立即安排李月华收集与工伤认定相关的法律法规，并立即打电话汇报工作。

"孙主任啊，我是小赵，刚接到司法局蒋惠忠科长的电话，他说他的一位亲戚提前下班回家后突然死亡，没有被认定为工伤，想要找我们代理案件。"

"小赵啊，工伤认定行政复议纠正一般不太可能，你要做好行政诉讼的准备。我们整个律师事务所都是你的后盾，你按照规定办事就行。此外，本案的关键在于死者为什么提前下班，死者为何突然死亡，这些细节你们要特别注意，细节决定成败啊。"

03 |

工伤疑难

蒋惠忠科长的亲戚沈庆军,来自河南信阳,是一位出租车司机。几个月前在家不幸身亡,留下孤儿寡母,小女儿才三岁。惠海市人力资源和社会保障局认为其"不属于工伤死亡",因为沈庆军是提前下班后在家身亡,此前还与朋友一起吃夜宵喝啤酒。

沈庆军的妻子韩淑婷委托法律援助律师,向市政府申请行政复议,也被驳回。这一家几乎到了山穷水尽的地步,如果沈庆军不能被认定是工伤死亡,那么韩淑婷母女该如何生存?

惠海市毕竟是二三线小城市,律师服务难以做到广州、深圳那些大城市的专业化。赵彬彬短期内难以做到只办刑事案件,所以对于有服务空间的案件,还是来者不拒。再加上赵彬彬本就出身农家,对普通老百姓颇有感情,因此他很快接受了委托,象征性地收取五千元律师费。

赵彬彬调取了沈庆军的工伤认定申请材料与行政复议材料,并让韩淑婷找到沈庆军的几位同事,了解沈庆军案发前的情况,特别是沈庆军为什么提前下班,为什么去吃夜宵、喝啤酒,又是如何被发现在家病危,如何拨打急救电话的。

沈庆军生前人缘很不错,许多同事都愿意帮他。他们很快提交了书面证人证言与手机微信截屏,证实沈庆军生前曾向他们表示自己"身体不舒服",他们劝沈庆军如果不舒服干脆早点下班,不要太拼命。

赵彬彬向律师事务所主任孙泽明汇报后,孙泽明提议组织一次专家会诊,由广东惠明律师事务所出面,与惠海市律师协会劳动法律专业委员会共同组织疑难案件分析会,研讨沈庆军是否属于工伤死亡。

孙泽明还通过惠海市律师协会,邀请了来自中山大学、华南师范大学与惠海学院的几位劳动法、行政法教授参加会议。

"小赵啊,只要有利于查明事实,只要能够帮助像韩淑婷这样的困难群众,我们律师事务所愿意做出各种努力。"

疑难案件分析会,其实是一次诸葛亮会,大家很快就发现了案件的关键。

惠海市律师协会劳动法律专业委员会主任杨万明律师在总结中认为:"沈庆军提前下班事出有因,他打电话给几位同事说自己不舒服,这说明他此时已经发病。至于下班后吃夜宵、喝啤酒,这是连续开车三四个小时后的正常补充饮食,而且没有检查出他有食物中毒,这说明他的死亡与吃夜宵、喝啤酒无关。只要沈庆军因为不舒服提前下班,到抢救无效死亡之间不超过四十八小时,都应当认定为工伤死亡。"

惠海学院劳动法教授朱文峰博士也提出:"本案的核心在于沈庆军提前下班的原因,如果此时无故提前下班,则很难认定属于工伤。如果有证据证明沈庆军因为身体不适不得不提前下班,则可以作为认定工伤死亡的时间起点。"

疑难案件分析会上,律师与专家学者的群策群力,让赵彬彬律师感到思维豁然开朗。他立即向惠海市惠湾区人民法院提起行政诉讼，请求法院撤销惠海市人力资源和社会保障局不认定工伤的决定书，要求该局重新作出工伤认定。

赵彬彬告诉家属韩淑婷："这个案件有较大的认定工伤的空间，最终想要赢得法院支持，则需要在证据上予以巩固，特别是找到案发前与沈庆军有联系的同事，让他们做好出庭准备，我们会申请法院通知这些关键证人到庭，以有效查明本案的基本事实。"

"赵律师啊，你一定要帮我打赢这场官司啊，我们一家人的生存就靠你了。"

韩淑婷抱着女儿要给赵彬彬跪下表示感谢，赵彬彬赶忙阻止她："我们律师会尽力而为。当然，法院的判决不是律师的个人行为，也不是法官的个人行为，关键是我们能否拿出强有力的证据，说服法官认识到本案符合工伤死亡的认定标准。这个案件对我们有利的是沈庆军下班前表示过身体不适，对我们不利的是并非在工作期间死亡，这需要权衡。"

孙泽明曾对赵彬彬说过，律师办理案件接待家属怕"两种人"，一种是认为律师"没什么用，只是走过场"，另一种是认为"律师是万能的，决定案件结果"。这两种人都会导致律师极为尴尬，他们不知律师只能在法律规定的范围内，尽职尽责去争取好的裁决结果，但不能保证裁决结果。

赵彬彬的微信好友、网红律师"一梭烟雨"，曾说过一句话，让赵彬彬很是佩服。"法院不是我们家开的，我当然不能保证法院判决结果。即使法院是我们家开的，旁边还有检察院，还有监察委，法院一家说了也不算。如果法院、检察院、监察委都是我们家开的，我还需要做律师吗？"

律师需要避免被当事人过度信赖甚至依赖，因为这种信赖与依赖，很容易在不能争取到他们想要的结果时，出现不必要的伤害。

赵律师刚出道时就遇到过这种"信赖麻烦"。

一位小产权房的业主秦林生委托赵律师起诉，要求宣告小产权房买卖合同无效，从而退还买家支付的购房款并要回房屋。赵律师拿出惠海市惠湾区人民法院相类似的判决书，发现法院无一例外都是支持了小产权房业主的诉求，也就告诉秦林生这个案件必然会得到法院的支持。

赵律师请求法院宣告小产权房买卖合同无效，并要求双方各自返还财产。不料法院却以"违反公序良俗"为由，驳回小产权房业主秦林生的诉讼请求。

为此，秦林生几乎天天上门纠缠赵律师，认为当时高度信任赵律师，所以全部放手给他，结果却打输了这个必赢的官司，一定是没有尽职尽责，一定是与对方律师串通一气。

赵律师一怒之下表示免费帮委托人代理上诉，而且要求委托人全程跟着自己去提交手续以及开庭。好在惠海市中级人民法院及时纠正了原审法院的错误判决，这才让赵律师避免了继续被纠缠的尴尬。

这件事给赵彬彬带来了极大震动，从此以后他再也不会给委托人斩钉截铁的回答，而是告诉当事人："这个应该会被支持，有类似的判决案例，但每个案子的具体情况不一样，法官的个人理解也不一样，律师无法保证判决结果。如果你要律师保证结果，律师也就无法办理这个案件了，毕竟法院不是律师开的。"

此外，对于那些"来者不善"的当事人，赵彬彬干脆以"我最近太忙"为由推辞掉，也是"吃一堑长一智"。许多律师刚入职都是一腔热血，后来逐渐被"伤透了心"。

赵彬彬刚来惠明律师事务所时，还遇到一件更郁闷的事。他好心帮当事人梁忠诚保管原件，避免当事人从深圳赶过来不方便，并开具了收取证据原件的凭条。开完庭后，赵彬彬把原件退还给梁忠诚，却没有向其收回凭条。结果诉讼结束后，梁忠诚竟然去市律师协会投诉赵彬彬，说他丢失了自己的原件，导致诉讼请求被驳回。后来孙泽明出面才解决。孙泽明从法院庭审笔录中，找到出示原件的记录，说明原件并未如梁忠诚所言没有向法院出示。孙泽明还认为，法院判决生效三年后才向律师协会投诉律师，明显不符合常理。收取原件的凭条中列明了开完庭交还，梁忠诚完全可以向法院起诉，虽然已经过了三年的诉讼时效。

孙泽明"护犊子"向来出了名，他一直认为律师协会与律师事务所必须做律师的娘家，否则如何保护那些幼稚期的律师？律师都不能得到所在单位与律师协会的保护，律师行业的威信从何而来？

事后孙泽明告诫全所的青年律师："不能收取当事人证据原件，更不能开具收取原件的凭条。当事人都不愿意亲自送原件过来，说明他对该案件根本不上心，这样的当事人不应该是我们的客户。律师需要学会分辨谁是你的客户，谁是你麻烦的制造者。法官不能选择当事人，但我们律师可以选择当事人。"

法院很快安排了开庭，赵律师要求家属到现场旁听。这样做一则是让法官看到家属孤儿寡母心存同情，二则是让家属感受庭审氛围，避免对律师持有偏见。

"一朝被蛇咬，十年怕井绳。"赵律师在小产权房案件后，各种案件都要求委托人出庭或旁听，除非是不公开审理的案件。

庭审中，主审法官何哲明问："沈庆军是否提前下班？"

赵彬彬应声回答说："不是提前下班，是病发后不得不提前终止运营。"

"请原告方回答，沈庆军提前终止运营后，为什么不是立即去医院治疗，而是去吃夜宵喝啤酒？"

"沈庆军是普通人，他无法预料到这次发病这么严重，而且当时三四个小时没有进食，肚子饿了去吃夜宵喝啤酒补充能量属情理之中。他以为休息一下就会好转，所以虽然感到不舒服，但没有立即去医院。喝啤酒与沈庆军发病不幸身亡，没有必然联系，而且医学鉴定也排除了食物中毒。"

本案的焦点是沈庆军上班期间感到"身体不适"是否属于"发病"，赵律师与惠海市人力资源和社会保障局的代理律师许鹏飞充分交换了各自的辩论意见。

许鹏飞提出："身体不适不等于身体发病，何况几位工友的证言效力较低，没有任何客观证据证明沈庆军已经发病。沈庆军提前下班，又没有及时去医院治疗，耽误了治疗他自己也有过错。"

赵彬彬则认为："身体不适已经是发病状态，这是身体的生理信号。沈庆军不是专业医生，不能强求沈庆军发觉身体不适就一定要去医院诊断，法律不强人所难。"

孙泽明主任建议赵彬彬在庭审结束后，借着提交代理词的机会，约见主审法官。律师对法官推心置腹，法官当然也会尊重律师有理有据的法律意见。

孙泽明对赵彬彬耳提面命："法理无外乎人情，只要认定工伤在法律上没有任何障碍，只要法官同情家属的遭遇，那么法院支持家属的诉求就有很大的可能性。律师在办公室正常约见法官，这也是制度允许的，律师与法官本就应该合理交流。"

主审法官何哲明庭长很快接受了约见，还给赵律师泡好了赵律师老家的英山云雾。赵彬彬在做律师前对英山云雾茶只闻其名未曾饮用，对于上等茶叶，老家的人都是换钱的，舍不得自己喝。直到改行做律师后，赵彬彬才有品尝，还把英山云雾茶作为自己的"标配"，每年都要购买几十斤送给朋友或自己饮用。

看来赵律师的庭审表现让老庭长较为满意，任何法官内心深处，都有"青天"情节。他们都希望自己有那么几单正义感爆棚的案件，可以被人传颂称道。

赵彬彬说明了来意，仔细解释了自己的代理思路，提出从法律上讲，沈庆军完全符合工伤认定条件，不能要求普通出租车司机能够像经验丰富的专业医生那样，不经检查便预见到身体不适就是重大疾病发作。国家建立工伤保险制度，也是为救助劳动者因为工作原因伤残或死亡。

赵彬彬还谈到这个案件只是象征性地收取一些费用，自己代理的是两审的。法院判决支持家属的诉求，也是对她们母女俩的一种慰藉。

何庭长说："你的意见我们会充分考虑，只要有法律依据，我们会考虑家属的具体情况。"

人心都是肉长的，只要不违反法律原则，赵彬彬相信老庭长会考虑到家属的实际生活状况，毕竟法律都是追求良善。

04 | 讲座偶遇

赵彬彬刚在伦湖高中参加完未成年人维权法律讲座，就被两名警察拦住去路。赵彬彬一脸蒙，难道自己犯了什么事？这几年除了超速，没有做错什么啊？

"赵律师啊，你可把我们害苦了。"领头的一名警察看到赵彬彬一头雾水，连忙开口说话。

谈话间，伦湖高中副校长吕凯歌也赶了过来："赵律师，这位是伦湖派出所的副所长尤哲和他的助手王敏，尤所也是我们学校的法制副校长，小王是警官学院青年才俊，过来实习。"

尤哲握住赵彬彬的手使劲一捏："你代理的两万斤死猪肉案件，是我们办理的。"

赵彬彬手上一痛，这才如梦初醒。原来是几年前办理的一宗死猪肉案件。当时侦查机关提交的证据材料中竟然没有两万斤死猪肉的称重笔录，检察院没有仔细核对就直接起诉到法院，被赵律师一眼发现了这个关键的"破绽"。

这种缺乏称重笔录的案件，"两万斤"就很难被认可，仅凭被告人供述没有实际称重，明显属于事实不清证据不足。既然是死猪肉，案件到了法院时，那些猪肉早就被销毁了，即使法院要求重新称重也不可能。

庭审时赵彬彬坚持无罪辩护，认为没有称重笔录，无法证实涉案具体数额。没有真实有效的数额，当然不能定罪量刑，何况"两万斤"这个数据明显不属实，哪有一斤不多一斤不少的道理？赵彬彬当庭申请重新鉴定，他也知道死猪肉已经被销毁无法鉴定。

赵彬彬同时对生产销售有毒有害食品罪与生产销售不合格产品罪予以否定，庭审中出现被告人"认罪认罚"，律师"无罪辩护"的奇特场面。

公诉人张德盛对赵彬彬师的无罪辩护很不满，说："被告人自己都认罪认罚，辩护人竟然从中作梗做无罪辩护，辩护人这完全是滥用辩护权。我们检察院会根据被告人今天的现场表现，重新提出量刑建议，要求从重处罚。"

主审法官孔思敏询问被告人曹贵生："为何在侦查阶段与审查起诉阶段都认罪，到了法院阶段却听任新接手的律师做无罪辩护？"

好在赵律师在庭前辅导时，已经与被告人曹贵生做了充分沟通。曹贵生回答说："既然检察院说我有罪起诉了我，那我就认罪。至于究竟构成什么罪，我服从法院的判决。"

赵彬彬那次庭审留下了许多他从"一梭烟雨"那里学来的"金句"，配合他抑扬顿挫的语调响彻全场。

"被告人是否有罪，不取决于他是否认罪，也不取决于辩护人是否辩护他无罪，而是取决于现有证据是否充分，是否足以让法院判决他有罪。

"即使我们都知道被告人有罪，也应该通过合法的程序，通过有效的举证与论证体现出来，而不能仅凭一腔热血。

"法律正义应该用合法的方式让大家看得见。我们都不在案发现场，我们只能依赖证据。

"我们律师对检察官狠一点，检察官就会对侦查机关紧一点，侦查机关取证就会规范一点，法院判决也会公平公正一点，中国法治就会进步一点。"

该案最终没有作出无罪判决，而是律师与法院"妥协"结案，判处被告人曹贵生有期徒刑一年。法院、检察院甚至给公安机关发出建议函，要求取证规范。

赵彬彬在庭审中"爽"了一把，却最终导致尤哲他们挨叨。这次在学校偶遇，尤哲忍不住向赵彬彬吐槽。

"我觉得很奇怪啊，你们怎么会犯这样的错误呢？称重笔录、物价鉴定，这都是必备的吧？"赵彬彬对当年这个案件还是有些不理解。

"别提了……"尤哲其实也对这个数据表示不满，毕竟他也是经验丰富的老警察。

"有了这一次意外事件，你们以后就好办了。有价格就让物价部门鉴定，有重量就称重，有数量就清点，这是在推动你们提高办案质量。你们办理出的一系列优质案件的功劳中，其实也有我们律师的一半啊。"赵律师终于找到了交流话题。

"以后再有人给你们提供数据要求你们直接采用，你们可以把律师当成背锅侠嘛。就说要是遇到赵律师这种认死理的麻烦人，没有合法依据都不认，这不就好办了。"赵律师不怕背黑锅，他也是基层派出所出来的，深知许多时候基层办案警察很为难。

"老赵啊，你总是有理，"尤哲与赵彬彬有些不打不相识的惺惺相惜之感，"有空我们坐一下交流交流？"

赵彬彬从"赵律师"变成了"老赵"，看来尤所内心还是认可这位老协警老同行的。

两个男人之间的恩怨，没有什么是一顿饭解决不了的，如果不能，那就再来一顿酒。

"择日不如撞日，要不今儿晚约上吕校，咱们'锵锵三人行'如何？正好向尤所请教最近办理的新案件，也是向尤所表示歉意。"

"赵律师来学校开讲座，学校有安排工作餐，还是改日再约吧，"吕凯歌有些为难，"你们坐在一起也可以交流啊。"

"今天周五，按照规矩是不能喝酒的，而且吕校的主场，老赵不能这么敷衍啊。如果明天老赵请喝酒，我一定奉陪，吕校也要来。"

"如果是律师请客，我是不应该去的，虽然赵律师没有案件在我手上。如果是我们市公安局的老同事老赵请客，那我是应该来的。我也是军人出身，我们也算是老战友啊。"

周六小聚，赵彬彬带着李月华按时来到吕凯歌订的菜馆。

"赵律师来湖北多年，尤所也曾在湖北当兵，今儿晚找一家湖北菜馆，应该很合适吧？"

"听说赵律喜欢湖北白云边、湖北绿茶，还喜欢湖北腊肉，看来是正宗湖北人啊，店老板还准备了武汉热干面。尤所当年是在荆州当兵，这家店也有莲藕排骨汤、荆州鱼糕、皮条鳝鱼、三丝春卷。"吕凯歌擅长接待，对赵彬彬、尤哲的口味早有了解。

赵彬彬与尤哲、吕凯歌等六七个人正在酒桌上聊得热火朝天，接到惠海监狱郑英杰科长的电话，说钱润林的家属想要委托赵律师代理再审申诉。赵律师约好了第三天即周一家属过来律师事务所办理委托手续，然后与尤哲、吕凯歌等人继续切磋。

李月华则在旁边忙着添茶、倒酒,赵彬彬说:"我今晚的任务就是陪好老同事、老战友老尤,月华的任务就是把我安全送到家,不要让我流浪街头就行。"

"老赵酒量不是一流,但酒品真是一流,能干活能喝酒,军人底色啊。酒品就是人品,这种豪爽的朋友,我交了。"赵彬彬虽然酒量稍显不足,但喝酒从不含糊,这让尤哲很满意。

尤哲与赵彬彬还约定律师事务所与派出所组织互动交流,以法律职业共同体建设名义也行,以共同送法下基层也成,以党建合作名义也好,重要的是经常走动走动。

"谁说警察与律师是一对冤家?错,警察是律师的案件源泉。没有你们警察抓人,律师哪有案件办理?没有你们警察留下办案漏洞,律师哪有辩护空间?"酒喝多了,赵彬彬有点管不住嘴了。

"我说老赵,你这第一句话听起来是夸我们,这第二句话完全是在贬我们吧?"尤哲似乎听出有些不对劲。

"赵律师真醉了,瞎说什么大实话,你们本是同根生嘛,当然一个要锅补,一个要补锅。"吕凯歌还很清醒,不停地给两位加点料。

"案件漏洞是客观存在的,律师与警察之间如果只看个案,则属于对立关系;但长期来看,则是合作关系。我们共同推动办案机关业务能力的提高,等到某一天你们警察没有任何办案漏洞留给我们律师了,也就天下太平了,冤假错案也就被彻底消灭了。"

"如果真有那么一天,你们律师也就失业了,老赵你说该怎么办呢?是否要改行了?"

"如果真有这么一天,就像有人说这世界上没有贼了,警察就都失业了一样,这才是理想社会。消灭了犯罪,整个世界和谐了,警察改行了,律师也改行了。那时我最大的愿望就是给吕校长打打下手,看看能不能考个教师资格证,做一位历史老师。"

"看来赵律师是一位被律师耽误的历史老师啊,那么以后赵律师多来我们学校讲一些课,不仅讲授法律,也讲授历史如何?"吕凯歌将橄榄枝伸向了赵律师。

……

看到尤哲也是真性情,赵彬彬真心想与尤哲交朋友。只要不是本地的案件,赵彬彬都希望能够约上尤哲参加疑难案件分析会,听一下这些一线侦查人员的专业意见。

孙泽明主任就曾说过,赵彬彬擅长交朋友。别人去媒体做节目都是职务行为,做完节目就好了。赵彬彬做完节目,就与记者成了朋友。这次来学校开讲座也不例外。

上次去政法委开会,赵彬彬也与政法委的人成了朋友,商量共同组织刑事交流会。这次与派出所的尤哲不打不相识,也开始惺惺相惜了。

孙泽明用人向来不拘小节,对赵彬彬尤其偏爱,只要赵彬彬想做的事不违背原则,孙泽明都支持他去做。赵彬彬连普通合伙人都不是,却经常被人误以为是惠明律师事务所的高级合伙人。

赵彬彬来自湖北,又是军人出身,这种"豪侠"性格让人喜欢,用孙泽明的话说,"让人恨不起来"。

只是孙泽明多次提醒赵彬彬:"你老大不小了,在惠海也

04 讲座偶遇

小有名气，也有车有房，该娶个老婆管管你这嗜酒如命的坏毛病了。听说你在基层派出所时曾表示不谈恋爱、坚持读书、一定要来城里，现在你依旧不谈恋爱、坚持读书吗？不是因为嫌弃这里水浅，想去广州、深圳吧？"

一看自己的婚姻大事竟然关系到大老板对自己是否留在惠海的信任度，赵彬彬有些顶不住了，看来自己必须要想办法脱单啊，不然容易被误会。只是自己总是忙着办案，如何有机会认识适婚女子呢？总不能三十岁刚满，就去电视台征婚吧？

赵彬彬多次向孙泽明表示自己会留在惠海，因为喜欢这里简单的人际关系，喜欢这里有山有水的秀色。但赵彬彬一直没有女朋友，以及多次拒绝做合伙人的做法，也成为一些人在孙泽明面前诟病赵彬彬的"小辫子"。

孙泽明经常安排赵彬彬去未婚女生多的单位，例如电台、电视台、大学、团委，甚至检察院案管等地，开展公益服务、组织各种交流，也是想让他有更多的机会接触一些适婚女生。

前两天行政主管钱虹又来电话，说帮他报名参加团市委组织的相亲会，还问他究竟想要找什么样的女朋友。

05 | 离婚危机

施晓慧是惠海电视台《谈案说法》节目主播,与丈夫华海林是华东师范大学同学。当年施晓慧不顾家人反对,没有留在老家大连,也没有留在上海,而是追随华海林来到海滨小城惠海,一路追随爱情。两人最初都在惠海电视台,这几年华海林下海经商,听说颇有成就。

工作小有成就后,华海林就开始犯错。他不仅经常夜不归宿,而且经常与公司的女下属借着出差双宿双飞。

施晓慧忍受不了丈夫的背叛,更不能接受旁人的闲言碎语,因此决定离婚。

施晓慧想找一位熟悉的律师帮助自己处理离婚事务,正好赵彬彬常去电视台做节目,两人也就有了一些联系。施晓慧不想在律师事务所见到太多熟人,因此约赵彬彬来惠明律师事务所附近的棕榈树咖啡馆见面。赵彬彬散步时多次路过秀水湖小岛上的棕榈树咖啡馆,却从未有空走进来。看来自己只懂工作,施晓慧才是懂生活的。

坐在一袭白色长衣的施晓慧面前,赵彬彬想到那句"我奋斗了十八年,才和你坐在一起喝咖啡",颇有些感同身受。

施晓慧介绍了自己与华海林感情不和的现状,提出想要离婚，并且想要儿子的抚养权。施晓慧在生育儿子华杰明时难产，这让她更加疼爱这个几乎夺去她生命的孩子。

施晓慧谈到他们大学时期谈恋爱的几对情侣，只剩下他们俩了，颇有些伤感。他们离婚后，大学同学的爱情，就宣告集体阵亡了。

施晓慧说："夫妻之间需要距离感，双方太熟悉了，就做不了夫妻只能做朋友，就像王菲唱的那样，'只爱陌生人'。与华海林在一起那么多年，我们也陷入了只能共患难不能共富贵的怪圈。我很无奈，很不甘，却又很无力。

"我们当年从繁华的上海来到经济落后的惠海，甚至没有去我的老家大连，纯粹是因为华海林的老家在惠海。其实如果当初留在上海或者留在我的老家大连，也就不会有后来这么多不愉快。"

"你们能够一起走过那么多年，尤其是一起来到惠海，说明你们当时的感情很真诚。只是为何到了今天这一步呢？"赵彬彬没有读过大学，很难理解大学时代的纯真爱情，为何经受不起尘世的风雨。赵彬彬也没有恋爱经验，他虽然找资料做足了功课，但面对这类问题还是有些生涩。

"我现在才懂得，婚姻并非是两个人的结合，而是两个家庭甚至两个家族乃至两种文化的交融。我们之间经常会因为琐事，甚至因对一些事情的看法不同而出现争执。赵律师还是单身，不太懂这些，就当是听我唠叨吧。"

赵彬彬略有些尴尬，他发现施晓慧其实早就想好了办法，她并不是向赵彬彬咨询如何处理与华海林的婚姻，而只是找一位倾听者。赵彬彬生性豪爽并且守口如瓶，也是小有名气的律师，正好适合做一位听众。

华海林之所以离开电视台下海经商，一部分原因是施晓慧日常太多抱怨。至于华海林与年轻的女下属暗生情愫，也与妻子永无休止的抱怨有关。施晓慧在家里总是说一不二，华海林从女下属那里找到了久违的柔情与崇拜心理。虽然他也知道对不起施晓慧，但回不了头。

赵彬彬向来不主张离婚，除非出现"四种情况"，即家庭暴力、涉赌涉毒、有一方出轨、身体不行导致夫妻关系名存实亡。不少广东女子对丈夫婚外情很宽容，只要不与自己离婚就行，只要给家里钱就行，并不介意与人分享感情。但施晓慧是东北姑娘，她不能容忍华海林出轨。施晓慧离婚的原因属于第三种，赵彬彬也认为有必要离婚。既然两人已经无法回到过去，又何必强捆在一起呢？

离婚的事，施晓慧想了很久，她现在最关心的是如何拿到儿子的抚养权。

"既然你一定要儿子的抚养权，那我就按照你的要求努力争取，只是你要考虑清楚一个女人带孩子的艰辛。"

赵彬彬在咖啡厅很快与施晓慧商量好了方案，然后通知李月华打印好委托代理合同与授权委托书，立即送到咖啡厅。

既然施晓慧不想太多人知道，那就辛苦李月华多跑一趟吧。起诉状可以在去惠湾区人民法院立案时当庭签署，但离婚立案还是需要施晓慧去现场。

赵彬彬协助施晓慧收集她与母亲抚养孩子的证据，以及华海林有婚外情的证据。既然是离婚官司，当然需要谋定而后动。

褚志刚案件的阅卷光盘也拿到了，按惯例，赵彬彬让李月华打印出来，自己先阅读一遍。纸质阅读比电子阅读更舒服，赵律师习惯一边阅读一边寻找有力证据，然后提出辩护方向让助理来完成精细化阅卷摘要。

针对褚志刚案件，赵彬彬提出三点意见：

第一，褚志刚到案发现场不是无故，而是事出有因，是出于村民维护合法权利的正当目的。

第二，褚志刚第一天到了现场，双方没有发生肢体冲突，达不到寻衅滋事犯罪的强度，最多只是寻衅滋事的违法行为。

第三，褚志刚第二天送女儿去医院治病，没有去案发现场，也没有与任何人策划去现场采取过激方式阻挠施工，因此无须对第二天爆发的寻衅滋事犯罪承担责任。

赵彬彬要求李月华按照这三点意见详细阅卷，写出完整的阅卷笔录，并按照该"切割辩护"策略，撰写法律意见书初稿。赵彬彬还让李月华联系检察官，他要当面向检察院提交不予起诉的法律意见书。

虽然法律意见书完全可以交给案管中心流转，但赵彬彬还是希望当面向办案检察官陈述。在他看来，有温度的交流，比起冷冰冰的文字，更容易获得共鸣。

钱润林的案件向惠海市中级人民法院提交复查申请后，没有立案。

赵彬彬没有放弃，向广东省高级人民法院申请再审，并向惠海市人民检察院申请监督。

钱润林表示，即使是向最高人民法院申诉，即使是向最高人民检察院申诉，即使用十年、二十年，他也在所不惜。

赵彬彬被他的执着感动，表示愿意帮到底。他鼓励钱润林:"多少冤假错案最终都水落石出,我们终会遇到那位能够帮助我们的贵人。"

施晓慧的离婚案开庭很顺利,只是赵彬彬全程遭遇被告家属的恶语攻击,华海林的父亲华鼎新甚至质疑施晓慧不检点:"有那么多的女律师不请,竟然请男律师帮自己起诉离婚,两人之间一定是有不可告人的关系。你施晓慧请男律师帮你代理,就是有出轨嫌疑。"

李月华听了很愤怒,幸亏赵彬彬不太懂客家话,这才避免了难堪。主审法官魏雪婷也敲着法槌,制止旁听人员扰乱庭审秩序。

由于孩子比较小,而且长期由母亲与外婆照顾,法院明显会判给女方抚养。不料华海林的家属却认为律师伙同施晓慧抢走了他们三世单传的儿子,竟然召集一批人把赵彬彬与施晓慧包围在法庭里。还是在法警的帮助下,赵彬彬才得以从后门仓皇离去。

半路上,魏雪婷打来电话,说华海林愿意调解,双方就探视权的问题做个协商,本案便可以调解结案。

赵彬彬立即带着施晓慧、李月华赶回法院。事情解决后,他们来到棕榈树咖啡馆,施晓慧请赵彬彬吃牛排压压惊,还半开玩笑半认真地说:"幸亏赵律师是军人出身,不然见到这种场面,早都吓趴下了。赵律师还未婚,不要被这种家庭狗血剧吓坏了,影响赵律师对幸福生活的期待啊。"

赵彬彬很不解地问道:"两个相爱的人,当年不远千里,克服重重困难走到一起,如今为何反目成仇呢?凤凰男与孔雀女,真的只能喜剧开头悲剧结尾吗?"

施晓慧回答说:"相爱总是简单,相处太难。凤凰男与孔雀女真的不合适在一起,除非有人愿意做出牺牲,而另一方懂得感恩。赵律师还是钻石王老五,切不可因为代理了离婚案件开始恐婚啊。这世界上好女人、好男人都不少,只是许多人没有遇对人。"

孙泽明听说了开庭的事,也打来电话对赵彬彬说:"小赵啊,以后你还是主打刑事辩护吧,婚姻家事类案件交给其他同事来处理。男律师很忌讳代理女方的离婚案件,所谓'瓜田李下,自避嫌疑',好在你一直带着助理。你代理女记者的离婚案件,知晓了她太多隐私,很可能会让她再见到你时有些尴尬,你自己也要注意啊。"

06 | 枪案保命

"赵律师,孙主任让你去一趟他的办公室。"赵彬彬正在办公室喝茶,行政主管钱虹进门说道。

赵彬彬心想,不会又是安排我参加未婚男女的相亲会吧?上次参加团市委的相亲会,都不知道该如何与没有业务关系的女生交流,太过尴尬了。自己成了大龄剩男,也成了同事们的心病。

律师这个行业看起来很风光很自由,其实没有多少属于自己的时间,不是在办案,就是在办案的路上。

赵彬彬很羡慕那些做律师前就有女朋友甚至已经结婚的同行,剩男剩女在律师行业属于普遍现象。几次相亲都不如意,赵彬彬也有些心灰意冷,干脆把时间消耗在办案上。

孙泽明的办公室足有五十平方米,是赵彬彬办公室面积的三倍,正对着秀水湖的湖心小岛。许多主任办公室兼带合伙人会议室、贵宾室功能,而且广东人喜欢在办公室摆一个茶台。孙泽明知道赵彬彬喜欢湖北绿茶,已经泡好茶等赵彬彬过去。

孙泽明是汕头人,年近六十。早年孙泽明从司法局下海,在官场、商场如鱼得水。他不喜欢争第一,虽然惠明律师事务所成立了二十多年，但一直保持着四十人左右的规模，他觉得中等偏上就是最好，规模适度，避免无序扩张。孙泽明闲暇时喜欢喝茶、研究风水，认同"月满则亏，水满则溢"，凡事应留有余地。

赵彬彬通过司法考试准备找律师事务所实习时，最初就来过惠明律师事务所，只是负责招募新人的律师事务所副主任陶瑞明律师看到赵彬彬过于普通的简历，就没有通知赵彬彬来面试。

赵彬彬并没有怨恨陶瑞明，他知道自己没有耀眼的过去，读高中没参加高考，当兵没能提干，当协警没能转正，惠明律师事务所这样的知名律师事务所，不接受自己也是理所当然的。赵彬彬只好去了另一家规模较小的惠林律师事务所实习，跟着谢林律师。谢律师案源丰富，喜欢用新人，带的徒弟实习期满拿到执业证后，就要自寻出路，他再招一批新人。

赵彬彬刚执业那年，每天不是留在办公室坐等客人上门咨询，就是四处参加活动派名片。只要有大型活动，赵彬彬都会去摆地摊提供廉价咨询，甚至愿意提供免费咨询，就为了多几个人认识自己。

看守所门口会见每次五百元，微小企业法律顾问费每年一千元，赵彬彬都做过。"一分钱憋死英雄汉"，许多人对地摊律师表示不屑，但对于赵彬彬来说，那是生活所迫的无奈之举。这年头只要家里揭得开锅，谁愿意如此卑微？

赵彬彬的一位老乡戚宏忠说可以帮他找案源，推荐了深圳一位知名大律师元弘智给他认识。赵彬彬在戚宏忠的安排下，耗费了五六千元请这位大律师吃饭，希望他能帮自己提供一些案源。不料吃完饭却没有了下文，元大律师只是不停地炫耀他来惠海买了一部新宝马,他每个月能赚多少钱,他认识哪些大领导。

五六千元对当时的赵彬彬而言,完全是一笔巨款,那可是他一个半月的收入啊。赵彬彬终于抛弃幻想,深知只有自己一刀一枪打下来的基业才是可靠的。那时只要能生存,只要有律师愿意把案件交给他,他都感恩戴德。

赵彬彬经常办理法律援助案件。别人把法律援助当成公益,他却当成收益。没有案源的那种艰难,差点让赵彬彬考虑重新回去做协警。只是不甘心就此放弃,他才咬着牙坚持下来。

赵彬彬办理"两万斤死猪肉案"时,孙泽明作为惠海市政协委员旁听了那次审判。赵彬彬在该案件中脱颖而出,成为惠海市刑事辩护新秀,他在审判中展现的辩护才华让孙泽明颇有兴趣。

后来听说赵彬彬生存艰难,孙泽明便主动邀请赵彬彬合办了两宗诈骗案件。孙律师此举一则帮助赵彬彬解决了无米下炊的燃眉之急,二则考察证实了赵彬彬办理刑事案件确实有天赋。

随后孙泽明直截了当地邀请赵彬彬加盟广东惠明律师事务所,愿意给赵彬彬提供充足的案源。赵彬彬考虑到自己缺乏人脉资源也缺乏案源,确实需要孙泽明这样的前辈照拂,因此在三年前跳槽来了惠明律师事务所。

孙泽明从赵彬彬身上看到了年轻律师的朝气,他们只是缺少办案机会,只要给他们机会,他们就能创造奇迹。敢于辩护、善于辩护,这对于小城市的年轻律师而言,殊为难得。

"这是赵律师,我们惠海刑事辩护的青年才俊,办理过的成功案例都可以挂满整面墙了。"赵彬彬走进办公室后,孙泽明立即把他介绍给两位客人。

"这位是严总,我们潮汕商会的副会长,也是知名企业家。这位是严总的助手小华,你们认识一下。"孙泽明向赵彬彬介绍站起身来迎接的两位客人。

胖乎乎的严总,满眼都是焦虑:"我侄子年初被公安机关抓走了,说他持枪杀人。这个案子上周起诉到了法院。我们都不懂法,找人帮忙浪费了太多宝贵时间。这次只能请孙主任、赵律师出手帮忙,救我侄子一条性命了。他只是个孩子,父亲早亡缺乏教养,其实他本性不坏。"

严益的侄子严华海在惠海市也是著名人物,仗着有叔叔撑腰,带着一群小弟横行无忌。严华海因为与另外一位"古惑仔"金广超争风吃醋,同时喜欢一位走台模特郭明慧,竟然于年初发生火拼。

严华海一怒之下竟然派杀手魏钟旭拿着双杆猎枪教训金广超,不料误杀了金广超的新任女朋友陶琳。

金广超有惊无险,捡回一条命后,立即鼓动陶琳的家属通过上访、发帖、向媒体爆料等方式,把本案扩大成全省知名的血案。他们要求严惩凶手,要求幕后真凶严华海偿命。

孙泽明了解经过后认为自己年纪大了点,有些精力不济,于是推荐青年才俊赵彬彬来主办,自己把关。孙泽明还向严益绘声绘色地讲述了赵彬彬办理的"两万斤死猪肉案",这更让严益看到赵彬彬便如同看到了救命稻草。

听了严益的介绍,赵彬彬认为本案的辩护有三点。

第一,严华海让魏钟旭教训金广超,是明确让他杀人还是只让他伤人?枪击可能是杀死,也可能是伤害。

第二,魏钟旭如何供述严华海的要求,是他严格听从严华海的安排还是自作主张把伤害案变成杀人案？

第三，能不能让死者家属接受赔偿并作出谅解？

严益对赵彬彬的分析很满意，认为只要能保住侄子的性命，他们可以提供任何配合。

严益随即让嫂子罗媛来律师事务所办理委托手续，赵彬彬才知道严益才是家里的话事人。

第二天下午，赵彬彬就去看守所会见了严华海，向他了解基本案情，特别是如何指使魏钟旭教训金广超，以及魏钟旭如何误杀金广超的女朋友陶琳的。

赵彬彬告诉严华海本案有保命空间，不仅仅需要保他自己的命，也需要想办法保杀手魏钟旭的命。

孙泽明听了赵彬彬的汇报，随即向严益推荐一位检察官出身的律师姜红艳作为魏钟旭的辩护人，这样两人可以更好配合作战。姜红艳正在苏州出差，需要过几天才能与家属见面。孙泽明提议赵彬彬先阅卷，制作好阅卷笔录、询问提纲、质证提纲与辩护提纲，然后组织一次疑难案件分析会，集中大家的智慧商讨相应的对策。

在约谈家属时，孙泽明告诉严益，需要动用各种社会关系找到陶琳的家属，向他们表示歉意，并作出赔偿争取谅解。

孙泽明还告诫严益说："切记你们是去请求家属高抬贵手的，不能有任何恐吓成分，不能有任何让家属感到不愉快的言行。只要家属愿意谅解，无论他们要你们支付一百万还是两百万，你们给了就行，此时须知人命关天，不能有任何疏漏。"

赵彬彬也补充说："要知道这是保两个人的命，也是避免你侄子此后被杀手纠缠，赏金猎人多是一批亡命之徒。"

送走严益后，孙泽明对赵彬彬说："这个案件不能只谈法律，关键时刻还是需要使用社会资源。只要能够安抚好死者家属，法院一般都会顺水推舟，他们更关注社会矛盾的解决。"

孙泽明也需要赵彬彬这样的专业律师，从技术上赢得大客户的认可。刑事案件关系人身自由甚至生死，哪位老板会含糊？随着法治的健全与执法的规范，律师的业务能力越来越被重视。即使是惠海这样的二三线城市，人们也越来越重视法律规范。

这些企业家背后都有丰富的社会资源，倘若你能帮他们解决刑事风险，他们岂能不把自己的社会资源交给你使用？孙泽明太懂得商人的思维了，这也是他能够做好精品所的关键。

期待已久的沈庆军工伤认定行政诉讼案件终于出结果了。法院支持了沈庆军家属韩淑婷的诉求，撤销了市人力资源和社会保障局不认定工伤的决定书，要求该局重新作出认定。

赵彬彬把判决书拍给孙泽明主任与蒋惠忠科长，孙泽明波澜不惊地回复"收到"，蒋惠忠则回复"常胜律师"。赵律师立即给孙泽明回复"看看对方是否上诉"，给蒋惠忠回复"幸不辱命"。

市人力资源和社会保障局放弃了上诉，重新作出了认定沈庆军属于工伤死亡的认定书。总算可以给韩淑婷母女一点安慰，赵彬彬很是高兴。

韩淑婷给赵彬彬送来锦旗，也给法院送去了锦旗，还联系了一批媒体跟踪报道。自己只是做了一些分内的事，就让委托人如此感激，赵彬彬颇有些过意不去。在他看来，律师需要有善心，如此，案件才能得到尊重，社会进步就是建立在这些善心、善行之上的。

07 | 无罪释放

褚志刚的案件两次被退回补充侦查，赵彬彬两次向龙山高新区检察院提交不起诉补充法律意见书。但赵彬彬的努力并没有换来不起诉决定，而是等来了拆案处理的通知。

赵彬彬有些丈二和尚摸不着头脑，正好姜红艳出差回来，按照孙泽明的安排过来找赵彬彬，商量严华海、魏钟旭案件的代理。

姜红艳是广东梅州人，西南政法大学毕业后回到老家梅州，在靠近江西的偏远检察院工作了三年，懂得检察院的办事流程与办案风格。孙泽明经常让姜红艳和赵彬彬搭配工作，逐渐形成刑事辩护核心团队。

姜红艳穿着职业短裙走入赵彬彬办公室，李月华连忙泡茶并拿出茶点。姜红艳告诉赵彬彬，拆案处理是检察院的一种处理方式，即将褚志刚的案件从寻衅滋事的群体性案件中拆分出来另案处理。这说明褚志刚无须跟随其他人起诉至法院，检察院的意思是褚志刚直接起诉的证据不足。

过了几天，赵彬彬接到检察官邹丽云的电话，要求带着家属去办理取保候审手续。邹丽云说她很认可赵彬彬的意见，只是这种割裂时间的方式最终能不能被接受，需要上检察委员会讨论。邹丽云还说，如果褚志刚愿意做认罪认罚，检察院可以建议法院判处缓刑。

赵彬彬立即向褚志刚的妻子陈香兰转达了检察官的意见，并建议先办理取保候审手续，然后听一下褚志刚本人的意见。

走出看守所的褚志刚，满身疲惫，满眼委屈。就因为去了一趟现场，就被列为"扫黑除恶"对象羁押半年，他满是委屈。被问到是否接受认罪认罚换取缓刑判决时，褚志刚用力摇了摇头，他坚信自己是无辜的，他相信法律是公平的。虽然他不愿意再走进看守所，但他更不愿意一辈子蒙冤受屈，不愿意留下终生的犯罪污点。

"赵律师，我相信你，我也相信法律。你放心去坚持你的无罪辩护，如果真的判决有罪，那也不是你的错，那是我的运气不好，我还会委托你帮我申冤。"

赵彬彬握住褚志刚的手，用力摇了摇。

"褚志刚你放心，只要你认为自己无辜，我作为律师必然努力争取无罪。检察院这次将你另案处理，而不是与其他人一起起诉至法院，说明他们对你的行为是否构成犯罪没有确切的把握，这也说明我们还有无罪的机会。

"虽然有同案犯指认你第二天也在现场，但一则视频资料中没有你，二则你有证据证明第二天不在现场，检察官会很谨慎地处理本案。这个案件虽然属于扫黑除恶案件，但只要证据不足，检察院还是可以作出不起诉决定的。"

"姜律师，这个案件的检察官既不起诉也不作出不起诉决定，究竟是唱的哪一出呢？"自从上次被美女主播施晓慧约到咖啡厅谈工作，赵彬彬发现在咖啡厅谈案件也很不错，毕竟办公室太严肃了。约女生边喝咖啡边谈事，也很有趣。

"我觉得赵律师可以再次约谈检察官，向她反馈我们的无罪意见。年轻的检察官都受过良好的法学教育，邹丽云又是中南财经政法大学的高才生，赵律师跟她谈法律、讲证据，比谈感情、谈家属的生活艰辛更有效。能够打动检察官的是他们认为犯罪嫌疑人证据上无罪，而不是家庭上值得同情。

"赵律师可以把法律意见书做得更细致一点，援引相类似的无罪案例，再援引一些法学专家的理论，会更有说服力。看邹丽云的意思，我认为她已经认可了赵律师的无罪意见，但她需要说服她的领导以及检察委员会。因此，赵律师重新提交的法律意见书，要从中央司法精神、相关无罪案例、法学家理论这些方面进行补强。简言之，这份法律意见书不仅是给主办检察官看的，更是给分管领导看的。在司法领域多年，许多检察官都是铁石心肠，求情辩护对他们意义不大，说理辩护才是对症下药。"

姜红艳帮赵彬彬完善了法律意见书，从国家政策谈到案件证据，从相关案例谈到学者意见，从十几页扩充到三四十页，又缩回到十页左右。赵彬彬一直对自己的文笔很自负，但在姜红艳面前，赵彬彬自叹不如。西南政法大学的高才生与检察院的检察员，业务能力真有其过人之处。

"法律意见书不能太长，太长了没有可读性，检察官对于那些二十页以上的法律意见书基本不看的。当然，法律意见书也不能太短，太短了没办法把道理说清楚，而且三两页法律意见书会被检察官认为律师不尽职不认真。"

赵彬彬发现自己这个野蛮生长的行伍派律师，遇上姜红艳这位经过专业训练的学院派律师，真有如虎添翼之感。难怪孙泽明挖了赵彬彬后，又从检察院挖了姜红艳。这不仅是男女搭配干活不累，而且是理论与实践相结合事半功倍。此外，姜红艳是客家人，也方便往粤北甚至赣南地区扩展办案。

赵彬彬不知道这是第几次来开发区检察院，邹丽云检察官依旧很热情。赵彬彬向她提交了新的法律意见书，具体解释了褚志刚的行为不构成寻衅滋事罪，第一天的行为最多属于寻衅滋事违法行为。赵彬彬说，褚志刚出于维护村民利益的善意，来到案发现场，没有任何过激行为。我国《刑法》列举的寻衅滋事行为，例如随意殴打他人，追逐、拦截、辱骂、恐吓他人，强拿硬要或者任意损毁、占用公私财物，在公共场所起哄闹事，褚志刚都不符合。褚志刚也不是组织者、策划者，他只需要对自己的行为负责。我们刑法设置寻衅滋事罪的目的，在于打击一些流氓行为。褚志刚的行为并无不当，更与流氓行为毫无关联。褚志刚这样维护村民利益的人，应该是法律保护的对象，而不应该作为"流氓"、作为黑恶势力沦为法律打击对象。

"赵律师，明天下午有空吗？"赵彬彬刚走出龙山高新区检察院，立即接到施晓慧的电话，"我们《谈案说法》节目想邀请您谈谈最近发生的校园暴力事件。"

"没问题，只要与刑事案件尤其是未成年人有关联的节目，我都乐意参加。"去媒体做节目，赵彬彬颇有兴趣。自己的资源太少，有媒体资源岂能轻易错过？

孙泽明当初就告诉赵彬彬，官方媒体资源是极其有限的，任何时候都不能浪费，这是提高自己社会影响力与行业品牌的捷径。你浪费了，机会就会落入他人之手。你拒绝了一次两次，第三次人家就不再找你了。

孙泽明还"爆料"说，一些律师事务所为了保持与电台、电视台的关系，甚至每年给电台、电视台提供数十万的赞助费，就是为了借机宣传自己。这些律师事务所收取的律师费，只有赞助费的几分之一，但他们乐此不疲，你想想他们是为了什么？他们需要媒体这个平台，他们需要人气，需要影响力。

赵彬彬不是电台、电视台的法律顾问，却经常去做节目，看来私人关系也是重要资源。上次帮施晓慧代理了离婚案件，知道了夫妻不和的许多秘密，但两人见面不仅没有赵彬彬担忧的尴尬，反而成了无话不谈的好朋友。施晓慧还多次帮赵彬彬推荐她们广电传媒的单身女主播，害得赵彬彬每次去广电大楼都战战兢兢，像是去相亲的。

"赵律师，告诉你一个好消息，钱润林再审案件立下来了。"李月华拿着立案通知书，兴奋地对赵彬彬说。

赵彬彬拿过立案通知书一看，终于发现文件编号不再是"申"字而是"再"字，长吁了一口气，看来钱润林获得改判有希望了。

律师收获成功案例，不仅需要勇气、才气，更需要运气。

广东省高级人民法院作出裁定，指定惠海市中级人民法院再审。孙泽明安排赵彬彬与姜红艳一起出庭辩护，赵彬彬负责全面质疑证据的真实性、合法性、规范性、逻辑性，姜红艳则重点质疑原审，保障被告人诉讼权利的完整性。这种有改判无罪机会的案件，更需要精益求精，赵彬彬、姜红艳一起上阵也是"双保险"。

赵彬彬晚上翻阅网络大V"一梭烟雨"的"技术辩护"微信公众号文章，发现"一梭烟雨"提出的"证据质证三斧半"

特别好用。"你凭什么取证"(取证法律依据)、"凭什么你取证"(取证主体资格)、"凭什么这样取证"(取证程序是否规范)、"凭什么这个结论"(结论是否具有唯一性),完全可以用在自己办案的质证上。

案件始末在赵彬彬头脑中飞速闪过:现有证据只能证明钱润林与冯晓娴发生了性行为,但不能证明钱润林违反了女方意愿。冯晓娴没有任何明显的反抗行为,也没有任何不能反抗、不敢反抗的行为,何况冯晓娴身材高大且经常接受自由搏击等训练,完全可以制止身材单薄的钱润林侵害自己。此外,冯晓娴穿着牛仔裤,没有冯晓娴帮忙,身体单薄的钱润林根本脱不下来。

冯晓娴有与钱润林喝酒,但两人只喝了一瓶啤酒,冯晓娴更是只喝了一杯啤酒,这点啤酒不足以让冯晓娴醉酒甚至是失去反抗能力。办案机关应该举证因为饮酒女方失去反抗能力,而不应该只是举证女方有饮酒行为,饮酒与因为饮酒失去反抗能力是两个概念。

至于冯晓娴肩膀上的抓痕,一则该抓痕很浅,不能排除是指甲无意中造成的伤害;二则该抓痕的强度不足以让身材高大的冯晓娴不敢反抗或者不能反抗。

钱润林在本案一审与二审中都没有律师的有效辩护,甚至在钱润林无罪上诉的案件中,二审法院不开庭直接作出维持原判的裁定,这其实变相剥夺了钱润林获得辩护帮助的权利。对于此类案件,更应该全面核查,而不应该滥用不开庭审理的规定。

"赵律师,有一个好消息与一个坏消息,你想先听哪一个?"姜红艳拿着判决书,拦住了准备下班回家的赵彬彬。

"先听好消息吧,有了好消息垫底,才能接受坏消息啊。"

"检察院的不起诉决定书下来了,我们终于争取到了褚志刚无罪释放,家属还想委托我们要求国家赔偿。"

"有了这个好消息垫底,再坏的消息我也可以承受。那坏消息是什么?究竟是严华海的家属没有做通受害人家属的工作还是钱润林没有改判?"

"严华海那里当然只有好消息了,毕竟是孙主任高度关注的案件。坏消息是钱润林也改判无罪了,按照孙主任制定的规矩,谁获得第一宗无罪判决案例,就要请全所的同事大吃一顿。赵律师需要破费了,我们坐等赵律师请客,犒赏三军,我想吃大螃蟹。"

"这种坏消息,我最喜欢,能不能再来几个?只是大螃蟹太寒了,女生不能多吃,能不能换成乳鸽呢?"

与检察院出来的美女同事一起办案,不仅事半功倍,而且很享受,赵彬彬感叹律师之间有效合作才是上策。

08 | 偶遇故人

"这位大哥,你把我的车撞了,你说该怎么办?"

这天下午,李月华去龙山高新区法院阅卷没回来,赵彬彬在惠湾区人民法院开完庭只好自己开车回去,结果倒车时一不小心,把旁边一辆卡罗拉给剐了。车主是一位二十八九岁的女子,对赵彬彬的鲁莽很是不满。

"实在对不起啊,要不我陪你去修车吧,你说去哪里都行。"

赵彬彬这辆二手雪铁龙才买了不到三年,跑了不到七万公里,而且大部分时间都是李月华开的。按照业内的说法,跑完十万公里才算老司机,他还属于地道的生手。

"你把身份证给我,然后跟着我去 4S 店。"这位女士对赵彬彬不太信任,担心他会趁机逃走。

"我是律师,这是我的名片,我还不至于为了几百块钱逃走。你留个电话给我,加个微信也行。你把账单发给我,我把钱转给你,不就行了?"毕竟时间宝贵,赵彬彬不想这样浪费时间。

"你就是赵彬彬律师啊?我在《谈案说法》节目看到过你,真人与电视上相比要年轻一些啊。我是惠海学院政法系的刘海珊老师，我们加个微信吧，有空来我们学校开场讲座如何？"

看来常去媒体做节目也有好处，至少没有被刘老师看成骗子，也不需要交出身份证。正好收获了两宗无罪案例，赵彬彬也有了去给大学生授课的底气。

无意中剐蹭了大学老师的车，却阴差阳错地可以去大学讲讲课，也很有趣，正所谓塞翁失马焉知非福。

赵彬彬告别了刘海珊，一看时间过了饭点，于是就把车停在了惠明律师事务所楼下的停车场，然后去惠海市中心人民医院旁边一家小餐馆吃木桶饭。

赵彬彬很喜欢这家木桶饭小店，量大管饱。上次姜红艳看他吃得津津有味，对许多好吃的都没兴趣，就曾取笑他说："看这吃相就知道是农村来的。"

赵彬彬感叹说："那次孙主任请客吃什么鹅肝、鱼子酱，花钱不少，可是我真没吃饱，还不如木桶饭实惠。"

赵彬彬刚进店，突然发现一张相识的脸，那人正在吃饭。

"喻剑钧，老同学，还记得我吧？"

"赵彬彬！听说你在惠海做了律师，不料在这里相遇了。"喻剑钧连忙放下手中的筷子，与赵彬彬热情握手。

"我们找个地方小酌如何？我们十多年没见面了吧，也该好好聚聚了。"

"改日吧，我还要去中心医院陪护，我叔受伤了在这里住院。"

"叔叔要不要紧？有没有我帮得上忙的地方？"

"一言难尽啊，他帮老板修房顶，结果摔了下来。又没有签劳动合同，人社局说社保不能报，我也发愁啊。正准备过几天安顿好了去找你，结果在这里遇到了。"

08 偶遇故人

"择日不如撞日,我吃完饭跟你一起去看看叔叔,了解一下情况吧。"

吃完饭后,赵彬彬买了一些水果与牛奶,跟着喻剑钧去医院看望他的叔叔喻元发。一路上喻剑钧介绍他叔叔受伤的过程,不住地抱怨老板心太黑。

喻元发跟着老家黄石的老板章国清来惠海打工,由于他没有什么专业技术,也就帮章国清处理些琐事。喻元发很勤快,打扫卫生、修理水电、看守仓库,这些事情他都会认真做。跟了章国清多年,平心而论章国清对喻元发也还算不错。虽然没有签合同买社保,但每月四千元的工资一直都按时发放。

不料几个月前喻元发帮章国清修理房顶时,一不小心从楼顶上摔了下来。喻元发腰椎受伤,造成下半身瘫痪。章国清最初对喻元发还不错,及时把他送到医院治疗,还把喻元发的妻子窦芳接过来陪护。治疗了几个月没能康复,章国清就有些不耐烦了,多次要求喻元发出院,还不断拖欠医疗费。

喻剑钧在深圳打工,也时常过来看望叔叔,给婶娘窦芳替替手,还垫付了不少医疗费。喻剑钧早年家庭贫困,父亲又体弱多病,叔叔将他视为己出,学费与生活费都是叔叔支付的,所以对叔叔的感情很深。

赵彬彬到医院后详细询问了喻元发帮章国清打工的情形与支付工资的记录,明确这属于工伤,只是因为章国清没有为他购买社保,从而需要章国清自行承担医疗费。

赵彬彬建议先做工伤鉴定,等病情稳定了再做伤残等级鉴定。赵彬彬还给喻剑钧开了一个证据清单,让他去补充这些证据,以便做好打硬战的准备。

赵彬彬还告诉喻元发,家属陪护需要按照护工标准支付陪护费用，这笔钱也是老板章国清需要承担的。临走时，赵彬彬掏出五千元钱："叔叔，你拿去买些营养品补充一下营养吧。这医疗费章国清需要承担，这点良心他应该有。你们目前不要与他撕破脸，尽量跟他讲道理讲人情，治病要紧。"

第二天，赵彬彬在窦芳的陪同下去了章国清的公司，说明来意后表示要及时支付医疗费用，避免病情恶化。如果造成更严重的伤残，公司的损失更大。

章国清也是一脸的无奈，觉得自己太冤了，买了社保的员工都没问题，喻元发这没买社保的倒出事了。

赵彬彬说，还有比你更冤的呢，第二天上班就发生工伤死亡，还没来得及买社保呢。既然是你的员工，你又没有买社保，也就只能由你来承担了。他们一家人也难，毕竟喻元发是家里的顶梁柱。而且这么多年你对喻元发也很不错，能够善始善终更好了。

找一家小酒馆，一人一瓶"白云边"，两位老同学促膝长谈起来。

十二年前他们都是高考的逃兵，因为家庭贫困，一位参加冬季征兵去了部队，一位来到深圳打工。两人都在广东却长期无缘相见，这十几年来的第一次偶遇，让他们都回到了从前。

学生时代他们都喜欢看《平凡的世界》，都喜欢读《射雕英雄传》，都喜欢唱《我的未来不是梦》，都认为通过自己努力终究会有出人头地的一天。

"你知道吗？我们的班长陈辉考上了复旦大学，现在去了武汉市委宣传部，老班长妙笔生花，进宣传部也是人尽其才。

"我们团支书夏瑶考取了华东师范大学，一口气读完博士，听说留校了。以她的性格，其实进宣传部更合适。

"我们副班长段福生去了华东政法大学，学习委员潘惠娜去了西南政法大学，现在跟你一样都做律师了。段福生在上海，潘惠娜来了深圳，看来我们那一届做律师的还不少啊。

"你是神龙见首不见尾，大家最初听说你来广东当兵了，后来你就下落不明了。最近才听说你做律师了，段福生说这几天从网上搜索无罪案例时无意中发现有你。他们还没来得及跟你联系上，我就先遇到你了，一切都是最好的安排。"

喻剑钧半瓶酒下肚，就开始絮絮叨叨介绍同学们的情况。

当年他们那个班六十多名同学，后来考上大学的有十二名。赵彬彬也曾是班上的优等生，既是历史课代表又是语文高手。他的作文经常被老师拿到其他班上去念，校园广播台也会朗读他的文章。

赵彬彬苦笑道："我是自学成才的第十三人。"

喻剑钧说："错，你们合在一起是十三太保，或者十三侠。"

喻剑钧把赵彬彬拉入高中同学微信群，还发了几张与赵彬彬饮酒的合影。"我在惠海见到了长期下落不明的赵彬彬，这厮改行做了律师。我们在品尝湖北美酒'白云边'，腊猪脚也很不错。"

"我们高中时代的女神，去了哪里了？"赵彬彬问道。男人在酒酣耳热之际，总会怀念起"那些年我们一起暗恋过的女孩"。

"你说语文课代表黄晓娅？当年去了华中师范大学，硕士毕业后来广东做老师了，似乎也在惠海。"

"华中师范大学？那也是我的偶像'一梭烟雨'的母校啊。"

"晓娅朋友圈基本不更新,没有多少人与她有联系。女神就是高冷,'太美的女生有些高不可攀'。"

"错了错了,剑钧兄真的喝醉了,周华健唱的是'台北的女生有些高不可攀',不是'太美的女生有些高不可攀'吧。"赵彬彬喝了点酒话就多了起来,律师的严肃形象瞬间坍塌。

"赵兄真是高手,记得高中时你喜欢唱歌,是我们班的'周华健'。黄晓娅则擅长二胡,一曲《彩云追月》令人怀念。不知道女神这轮明月,被哪朵祥云追到了。"

"剑钧兄结婚了吧?孩子多大了?嫂子哪里人啊?"

"我去深圳打工第二年,就遇到了你嫂子,她是成都人。我们结婚五年了,两个孩子都在老家由爷爷奶奶带。你呢?媳妇是哪里人?"

"我就郁闷了,至今茕茕孑立形影相吊。律师太忙碌了,都没空谈恋爱。每次回老家都被爸爸妈妈逼婚,还要去相亲,郁闷死了。一转眼我成了'大龄剩男',羡慕你们啊。"

"听说律师行业有许多潜规则,老赵你要小心啊,千万不要被漂亮的女客户诱惑,尤其是离婚案的女客户,你要守住底线啊。"

"算了吧,我这失败分子,读书没敢参加高考,当兵没能提干,做协警没有转正,哪里值得别人诱惑?我现在关心的是能不能脱单,郁闷着呢。"赵彬彬连忙阻止喻剑钧的玩笑。

"我对感情要求不高,只要她孝敬父母,尊重他人,足矣。我处理过太多凤凰男娶了孔雀女的离婚案,感情需要门当户对,我还是找一个农村来的吧,至少他们不会歧视我的父母。"

一斤酒下肚,微醺之际赵彬彬提议就此停住,律师随时需要"整装待命",难以放开畅饮,他们相约找个时间再聚聚。

去年赵彬彬在惠湾区河东 CBD 旁边的望江花园小区买了一套两居室的房子,作为首套房过渡一下。

每次孤身走入房间,赵彬彬都油然而生一种孤独感,最近半年这种感觉越发强烈。

看来是需要把"脱单"提上日程了。如果真要解决自己的"脱单"问题,又该如何去破局呢?

09 | 新人入伙

严益还真有办法,他直接找到陶琳的舅舅戚欣做陶琳父母的工作,还让陶琳的妹妹陶莹来自己朋友的公司上班。

陶琳的家属很快接受了严益提出的和解方案,拿到一百万赔偿金后,当场在赵彬彬起草的谅解书上签字,谅解魏钟旭与严华海,并主动去法院做笔录。

庭审也很顺利,惠海市中级人民法院以故意伤人罪判处魏钟旭有期徒刑十五年,判处严华海有期徒刑十二年。

孙泽明语重心长地对赵彬彬说:"杀人偿命是中国司法传统,哪位法官都不可能冒险。要想保命成功,要么寻找他人过错,要么获取死者家属谅解,而后一种基本是黄金法则。律师不仅要懂法律,而且要懂政治,还要懂人情世故,须知没有任何案件是纯粹的法律问题,即使是法院也需要在法律效果之外,充分考虑社会效果甚至政治效果。"

周末正好大家都有空,孙泽明召集全所律师与助理、职工小聚,庆祝广东惠明律师事务所成立二十四年来首次收获无罪案例。这既是为赵彬彬、姜红艳摆的庆功宴,也是向全所确定两人的专业地位。

孙泽明对自己慧眼识英才颇为满意。三年前挖来赵彬彬与姜红艳，惠明律师事务所在刑事辩护方面的业界地位逐渐提升。孙泽明从赵彬彬、姜红艳身上看到了二十年前自己的朝气，他开始有了新的想法。

广东惠明律师事务所成立多年，"老屁股"太多，大家更多是安于现状，每年有那么四五十万收入足矣。他们并不去考虑律师行业的健康发展，也不关心律师事务所的品牌。孙泽明想有所改变，却因为缺乏支持而力不从心。当年他引进赵彬彬、姜红艳两位年轻人，还是顶着巨大压力，甚至冒着不小风险的。

孙泽明曾经把一宗律师费三十万元的刑事案件交给执业才一年的姜红艳律师办理，竟然引起一些人对两人关系的猜疑与诋毁，姜红艳差点闹着要转所。

律师事务所有些人就喜欢恶意揣测，这成为破坏律师事务所安定团结的不稳定因素。孙泽明甚至考虑过将他们清理出去，却又担心此举会越描越黑。既然此举行不通，孙泽明干脆培养几个有进取心的骨干律师，去改变律师事务所整体面貌。

不思进取的律师太多，惠明律师事务所要有所发展，就需要新鲜血液。即使不能完全改变，那也应该对刑事辩护方面有所改变。孙泽明想走专业化的道路，五位创始合伙人可以各自设立一个专业部，孙泽明准备自己兼任刑事部主任，赵彬彬、姜红艳分别担任副主任、秘书长，从而在自己的支持下自由发展。只要找到理由让其他人不干涉刑事部，那么刑事部就可以培养出一批像赵彬彬、姜红艳这样的青年骨干，从而通过他们去改变整个律师事务所。

这次让赵彬彬、姜红艳请全所的同事吃顿饭，其实孙泽明也是想把两人介绍给大家认识。他们不可能长期站在自己的背后，他们需要通过合适的方式走到前台。

一些老律师之前对孙泽明过于重视两位年轻人颇有微词，但这次赵彬彬、姜红艳获得无罪案例，既证明了两人的业务能力，也证明了孙泽明当初力排众议的举措是正确的。

惠明律师事务所副主任奚瑞明担心赵彬彬羽翼丰满后会"飞走"，当然这也是孙泽明所关心的。如何让赵彬彬对惠明律师事务所有认同感，如何发掘赵彬彬的潜力带着大家一起飞，成为孙泽明近来苦苦思索的问题，毕竟谁都不想为他人作嫁衣裳。

孙泽明的意见是先成立刑事部，让赵彬彬担任副主任并吸收他为合伙人，三四年后让他接管刑事部。此外，给赵彬彬在本地介绍个女朋友，也是稳定军心的一种方式。

当初孙泽明借钱给赵彬彬买房子，又何尝不是留住他的办法？按照行业惯例，留住人才需要让人才"生根发芽"。"生根"就是买房置业，"发芽"就是成家生娃。律师事务所不少"元老"总觉得赵彬彬不够稳定，就是因为他只在本地"生根"，没有"发芽"。

孙泽明带着赵彬彬与姜红艳向同事敬酒，走完四张桌子打一圈下来，赵彬彬一斤白酒下了肚。

"小赵啊，不愧是军人风范，一斤酒不动声色。按照广东的规矩，我们'来一炮'（即来一满杯）如何？"律师事务所党支部书记葛忠惠不仅政治水平高，酒量也高，他一直关心年轻人的发展，想看看赵彬彬酒后定力如何。

满满一杯洋酒下肚，赵彬彬有些不适应。外地人都不太习惯洋酒，即使在部队聚会或者老战友聚餐，那也是白酒的天下。

09　新人入伙

经过几位合伙人的轮番轰炸，赵彬彬渐渐有些不支。能喝一斤半白酒的人，不一定能喝一斤半洋酒，好在孙泽明在关键时刻过来打圆场。

"今天赵律师也是尽兴了，大家也都差不多了吧？酒后我们去唱唱歌，我请客。"

赵彬彬没能去唱歌，孙泽明让李月华把赵彬彬送回了家。晚上的庆功宴名义上是赵彬彬、姜红艳请客，其实是孙泽明让财务范晓敏偷偷结的账，好酒也是孙泽明赞助的。

孙泽明自称有两大理想，第一是收藏名律师，第二是收藏好酒。能够让大家喝好酒，让惠明律师事务所成为第四家有无罪判决案例的律师事务所，孙泽明真的很高兴。

孙泽明一边陪大家唱歌，一边考虑惠明律师事务所未来的发展。趁着酒劲他约了奚瑞明、葛忠惠三巨头小聚，商量专业化建设与梯队建设。

如果说酒席上是赵彬彬的主场，那么唱歌则是姜红艳的主场。姜红艳很喜欢唱歌，而且她的嗓音特别好。从梅州来到惠海，她很感谢孙泽明对自己的赏识与支持，也很喜欢与赵彬彬合作办案。她是惠明律师事务所自己培养的律师，比起赵彬彬这样"半路加入"的律师更能获得老前辈的信任。

奚瑞明当初反对孙泽明挖赵彬彬，主张从助理阶段开始培养律师，这样能够融入自己的文化。孙泽明则认为赵彬彬还处于可以雕琢的年纪，并没有定型，惠明律师事务所用几年时间来培养，足以让他融进来。

这几年赵彬彬的表现，让奚瑞明比较满意，他觉得这位年轻人有朝气有决心有能力，值得惠明律师事务所认真培养。

这天，惠明律师事务所孙泽明的办公室举行合伙人会议，九名合伙人通过了三项决议。

第一，吸收彭秋云、赵彬彬为合伙人。

第二，成立刑事、行政、劳动、婚姻、公司等法律事务部，五位创始合伙人分别兼任事务部主任，具体人事安排由各事务部落实后报给合伙人会议备案。

第三，组织一次无罪辩护论坛，由刑事部具体落实。

彭秋云曾经是惠海当地知名房地产公司冠海集团法务总监，五年前被孙泽明挖过来，专门从事公司法律业务。这次增加彭秋云为合伙人，也是加强公司法律事务部的专业化建设。

孙泽明、奚瑞明、葛忠惠三巨头的想法是，由所里的"五大长老"担任五个部门的主任撑场面，具体工作交给各部门的副主任，既能提高部门的权威性，也为年轻人提供施展身手的机会。执行主任郎志生分管行政部，他的主要工作不在专业服务而在行政服务，这种部门制也是为了提高效率。

刑事部很快组建成立，孙泽明、奚瑞明、葛忠惠各派了一名徒弟支持刑事部建设，六名成员组成了最初的"草台班子"。孙泽明的想法是分层制，重大刑事案件由赵彬彬、姜红艳办理，普通案件则由两人带着"三巨头"的徒弟一起办理。这样既能发挥赵彬彬、姜红艳的领军作用，又能培养青年律师梯队。

孙泽明的意见很明确："我这个主任只是帮你们站台的，赵彬彬、姜红艳可以放开手脚干。只要是有利于刑事部发展的，你们都可以商量着办。刑事部步入正轨了，我这个主任职务就会交出来，你们不要有任何顾虑。"

赵彬彬有些不太适应新的职务。他表示自己会努力做好团队建设，把惠海刑事部打造成"严格训练，来之能战"的精干集体。他的想法是先组织一些对外交流，学习借鉴别人成功的经验，然后结合自身特色形成自己的模式。

姜红艳毕竟是检察院出来的，做秘书长太合适了。她很快起草了刑事部的工作制度与议事规则，还建议惠明律师事务所微信公众号开设刑事专栏，定期发布成功案例与热点解析，从而通过案例带动读者对惠海刑事部的关注。

刑事部第一次会议完成了各项基础性工作，惠明律师事务所进入专业化建设新时代。孙泽明让执行主任郎志生郑重其事地向刑事部全体成员颁发了聘书，通过这种庄严的仪式，形成大家对刑事部的认同感。

刑事部成立，当然少不了大吃一顿。

孙泽明知道赵彬彬喜欢白酒，于是专门为他准备了梅州白酒"长乐烧"。"这可是红艳家乡的好酒，小赵尝尝，与你们老家的'白云边'相比如何？"

酒酣耳热之际，孙泽明悄悄问姜红艳："你的个人问题解决得如何了？"

姜红艳摇摇头说："现在不急，还是等几年再说吧。"

孙泽明干脆把话挑明："你觉得小赵怎么样？"

10

法律援助

"我提醒法庭注意，根据《最高人民法院关于审理抢劫、抢夺刑事案件适用法律若干问题的意见》（法发〔2005〕8号）第一条规定，认定'入户抢劫'时，应当注意以下三个问题：一是'户'的范围。'户'在这里是指住所，其特征表现为供他人家庭生活和与外界相对隔离两个方面，前者为功能特征，后者为场所特征。一般情况下，集体宿舍、旅店宾馆、临时搭建工棚等不应认定为'户'，但在特定情况下，如果确实具有上述两个特征的，也可以认定为'户'。二是'入户'目的的非法性。进入他人住所须以实施抢劫等犯罪为目的。抢劫行为虽然发生在户内，但行为人不以实施抢劫等犯罪为目的进入他人住所，而是在户内临时起意实施抢劫的，不属于'入户抢劫'。三是暴力或者暴力胁迫行为必须发生在户内。入户实施盗窃被发现，行为人为窝藏赃物、抗拒抓捕或者毁灭罪证而当场使用暴力或者以暴力相威胁的，如果暴力或者暴力胁迫行为发生在户内，可以认定为入户抢劫；如果发生在户外，不能认定为入户抢劫。"

赵彬彬接受惠海市司法局法律援助处的指派，为被告人鲁生明入室抢劫案辩护。赵彬彬发现抢劫罪无法否定，但"入室抢劫"存在争议，就把主要精力用在否定"入室抢劫"上。

赵彬彬在法庭上慷慨陈词："本案中，受害人韦春霞是在惠海市惠湾区东林网吧四楼407房遭遇被告人鲁生明抢劫。该房间属于网吧休息间，而不属于家庭生活宿舍，并不满足'供他人家庭生活和与外界相对隔离两个方面'。因此，本案仅仅构成一般抢劫而不构成入户抢劫。

"被告人鲁生明得知受害人韦春霞是自己的河南老乡后，就放弃了抢劫犯罪，这显然属于自动放弃犯罪的犯罪中止，根据《中华人民共和国刑法》第二十四条规定，'对于中止犯，没有造成损害的，应当免除处罚'。"

双方辩论的焦点，集中在网吧休息间是否属于"户"，鲁生明不再抢劫韦春霞究竟属于"犯罪中止"还是"犯罪未遂"。细节决定成败，公诉人昌君肇认为鲁生明是因为受害人说自己"身上还有病（性病），没钱看病，还说身上只有四十元钱"，嫌钱少才放弃抢劫，属于"犯罪未遂"。

赵彬彬认为鲁生明的第一次供述是"她身上还有病（性病），没钱看病，还说身上只有四十元钱，问我要不，我听她的口音像我老乡，然后我看她说得那么可怜，连得了病都没钱看，就想着帮她一下，想着给她两百元"，受害人韦春霞第一次供述是"他还我和聊天，问我是哪里人，我告诉他我是河南人，他说自己也是河南人，不能对不起自己老乡。之后他就一直说他在外面认识什么人之类的，说我以后有什么事情，可以打电话给他"。这说明鲁生明是主动放弃抢劫，应该认定为犯罪中止。

赵彬彬还强调说，如果本案是强奸罪，因为受害人自称有性病而放弃犯罪可以成立犯罪未遂。但本案属于抢劫罪，被害人自称有性病没钱治，身上只有四十元钱，并不能让被告人"欲而不能"，而只是"能而不欲"。

这是赵彬彬办理这么多抢劫案中，被告人最有良心的一次犯罪。赵彬彬建议法院从引导犯罪分子迷途知返主动放弃犯罪出发，给这些有良心的抢劫犯一个从宽的机会。如果这次对鲁生明免于刑事处罚，不仅对鲁生明本人是一次挽救，对其他试图主动放弃犯罪的误入歧途者也是一次提醒。

法院没有当庭作出判决，赵彬彬觉得今天该讲的话已经讲完了，剩下的就看法官如何审查证据，如何作出裁决。

抢劫罪在我国属于严重的暴力犯罪，法定刑是三年到十年。"入室抢劫"属于抢劫罪的加重情节，法定刑是十年以上有期徒刑、无期徒刑甚至死刑。鲁生明这样"可以教育好"的被告人，能否免于刑事处罚也就在法官一念之间。

赵彬彬记得鲁生明的老母亲从河南老家赶过来，拿着报道再审改判无罪的《惠海日报》找到自己，要求救救他儿子。

鲁生明的母亲苗成静说，她儿子其实并不坏，是因为读书少没学到什么技术，最近工厂裁员丢了工作，才一时头脑发昏，去网吧抢劫。

苗成静不停地哭诉鲁生明其实很听话，这次也只是一时糊涂。赵彬彬实在受不了老人家的眼泪，让她去找司法局申请法律援助，并打电话给法律援助处，表示自己愿意提供法律援助。

姜红艳对赵彬彬主动表示愿意提供法律援助的行为肃然起敬，这才是她心目中真正的律师形象，把帮助他人当作自己的社会责任。如果说此前姜红艳印象中的赵彬彬只是能吃苦、会办案的普通律师，那么此时赵彬彬已经成了姜红艳崇敬的对象。

赵彬彬保持着每年办理十宗左右法律援助案件的标准,这不仅是入职以来养成的好习惯,也是回馈社会的律师责任。如果说最初几年赵彬彬把律师当成谋生的手段,那么这两年随着收入的稳定,他更多把律师看成能够帮助他人的事业。

"仓廪实而知礼节,衣食足而知荣辱",鲁生明等人在生存线上挣扎,缺少社会帮助,如何才能让他们尽量走正道而不是走上犯罪道路?这也是赵彬彬在职业道路上一直思索的问题。

孙泽明把盗窃、抢劫、抢夺定性为"穷人犯罪",他们往往因为生活所迫才铤而走险。他认为如果能够保证充分就业,"穷人犯罪"会大幅度减少。

孙泽明说,虽然贫穷不是犯罪的理由,虽然我们要谴责犯罪,但也需要设身处地考虑这些犯罪者的难处。雨果说"多建一所学校,就少建一座监狱",马克·吐温说"你每关闭一所学校,你就必须开设一座监狱",教育不仅提高国民道德素质,而且提高他们的生存能力。我们应该谴责他们不该犯罪,但也应该留给人们向善的出路。

赵彬彬特佩服孙泽明身上这种人情味,他对弱者的关心才是法律人最该有的品德。

"老同学啊,看来我叔叔的事还是要让你操心了。"喻剑钧打来电话。章国清又一次停付医疗费,让喻元发的病情雪上加霜。

"我再与章国清谈谈吧,看看能不能救急。这也说明我们要做好打官司的准备,工伤认定下来了也不怕他置之不理。另外,你们也要筹钱做些准备,可以发起水滴互助,做好两手准备。"

喻元发申请了工伤认定，章国清立即翻脸不再支付医疗费，也是够狠。

赵彬彬给章国清打电话，他答应再支付一笔医疗费，但表示自己也很困难。赵彬彬给他普法，讲明用人单位的责任，不能因为没有帮员工买社保而拒绝承担工伤责任。如果家属去劳动监察部门哭诉，公司只会更麻烦。

章国清无奈地说："疫情期间公司经营困难，我也要生活下去。喻元发的不幸你很同情，但我们这些做生意的人面临的困境，谁来帮扶呢？我也想帮助喻元发，他是我老乡，但我能力有限啊，如果是早几年公司经营良好，我当然愿意帮他。"

赵彬彬也觉得很无奈，章国清没有帮喻元发购买社保，确实是导致今天这种困局的关键因素。

"水滴互助"还不错，以窦芳的名义发布，筹集目标三十万元，喻剑钧捐赠了一千元并转发朋友圈，赵彬彬捐赠了两千元并转发朋友圈，二十四小时不到就筹集了近三万元。

不少律师同行伸出援手，大家都对喻元发的遭遇表示同情。虽然这种网络募捐效果不大，也不是长久之计，但对于那些缺少政府救助的家庭，也是一种希望。

这时传来了好消息，惠湾区人民法院对鲁生明抢劫罪认定为犯罪中止，作出免于刑事处罚的判决。赵彬彬有些不相信自己的耳朵，虽然他一直在争取鲁生明免于刑事处罚，但拿到判决书时还是喜出望外的。

《惠海日报》美女记者温凤岚就此案前来采访赵彬彬，站在白衣飘飘的记者面前，赵彬彬说了三个"感谢"：

第一，要感谢鲁生明自己，他身上的人性压倒了魔性，能够及时放弃犯罪,这才能让法院有效查明事实,判决他免于刑事处罚。

第二,要感谢受害人韦春霞,她能够如实陈述案发现场的情况,能够从细节上帮助鲁生明免除刑事处罚,她既是受害者也是鲁生明获得新生的贵人。

第三,要感谢法官与检察官,他们敢于坚持法治原则,善于处理罪与非罪之间的细节,挽救了迷途知返的鲁生明,给了他改过自新的机会。

赵彬彬还说,法律职业共同体,需要共同努力。我们给了那些犯错者悔过自新的机会,也是帮他们打开了一扇弃恶从善的大门。

微风吹拂温凤岚的披肩长发,赵彬彬都有点看呆了。赵彬彬也觉得奇怪,最近怎么总是看着女生发呆,难道自己的青春期重新回来了?

陪同温凤岚的施晓慧不禁偷笑,她特意推荐单身的闺蜜温凤岚来采访赵彬彬,也是想帮助赵彬彬尽快脱单。这次采访,既是因为赵彬彬这宗案件堪称经典,也是想带着温凤岚来"面试考核"赵彬彬。

11

高校讲座

刘海珊真的打来电话,以惠海学院政法学院的名义邀请赵彬彬去给学生开讲座。

"听说赵律师最近喜获多宗无罪案例,这周有没有空给我们的学生上上课?你讲几个案例就好,这里的教授最缺的就是鲜活的案例,我们只能寻找外援了。"

赵彬彬当然珍惜给高校学生开讲座的机会,毕竟自己只读过高中,没有在大学校园上过课。当年没能参加高考,是赵彬彬心头永远的痛。自修本科虽然能让他有资格参加司法考试,但也无法弥补他没能受过普通高等教育的缺憾。

赵彬彬的表弟李宏伟大学毕业后想要读硕士,赵彬彬劝说道:"看你家那个条件,为了供你读书你父母省吃俭用,你弟也没钱娶媳妇。你还是先出来参加工作挣点钱,改善家庭条件,然后再去读书如何?"

赵彬彬并不赞同贫困学生大学毕业了去读硕士博士,除非有人资助。他认为读书需要兼顾平衡,需要考虑到家庭条件,不能盘剥家人太多。

赵彬彬向孙泽明汇报了惠海学院政法学院邀请自己开讲座的事,还讲到是如何认识的刘海珊。孙泽明提出向政法学院的学生赠送一套刑事部编写的《惠明刑事部经典案例集》白皮书，还表示他与刑事部的律师都会去旁听与交流。孙泽明与政法学院的院长董春华、副院长方德盛是老朋友，这次去也是顺便拜会一下老朋友。

赵彬彬深知自己还是"后辈晚生"，许多场合需要孙泽明等前辈照拂。孙泽明与董春华是惠海市政协的老熟人，方德盛的儿子方振业大学毕业后还在惠明律师事务所实习过一年，后来才去惠湾区人民检察院工作，现在是案管中心主任。赵彬彬这才想起来每次去惠湾区检察院阅卷或者交材料都很顺利，原来也是孙泽明帮衬的结果。

在惠海市这样的二三线城市，很大程度上还是熟人社会。只要是不违反原则的事，有熟人帮忙还是要方便得多。赵彬彬越发惊叹孙泽明的能量，也许自己这次去惠海学院开讲座，明里是刘海珊老师邀请，暗里是孙泽明趁机安排好的，是为了给自己更多展示的机会。

赵彬彬的讲座在政法学院阶梯教室举行，这是赵彬彬这么多年来第一次给这么多人开讲座。赵彬彬分享了自己办理的几个不批准逮捕、不起诉案例，压轴的则是再审改判无罪案例与免于刑事处罚案例。

赵彬彬在讲台上逐渐找到了感觉，他把经办的成功案例案件当成故事讲述出来，然后分析案件的辩点，介绍自己如何说服办案机关接受自己的意见，煞是有趣。特别是无罪判决案例，让他的讲座更有说服力。

听讲的学生和老师对赵彬彬这种"案例分析"讲授方法很有兴趣，互动交流也持续了一个小时之久。大家对律师如何说服办案机关、如何给明知有罪的人辩护颇有兴趣。

赵彬彬借用大V"一梭烟雨"的话表示，办案机关与律师只是业务分工不同，并没有根本的冲突，因此律师有理有据的意见往往能够被办案机关认可。至于一些法官"不管你怎么辩，我都这么判"的这种"权力的任性"，本质上是与法治国家建设背道而驰的。一旦若干年后追究错案责任，在司法文书上署名的人才是责任人，没有人是在法律之外的。

至于给明知有罪的人辩护，赵彬彬继续借用"一梭烟雨"的话说，"可以选择，但要负责"，你可以不接受为违反你道德原则的人辩护，但只要你选择了给他辩护就应该尽职尽责。明知有罪的人也需要获得辩护，即使是罪人也应该让他明白自己的罪责。

赵彬彬还借用"一梭烟雨"的话说，"许多冤假错案都是正义感爆棚的热血人士制造的"，因此律师要避免先入为主，谨守理性的底线，提醒办案机关从现有证据出发作出合法裁决。我们没有上帝之眼，法律人眼中只有法律事实，而法律事实需要通过法定程序收集的证据按照法规原则来证实。

互动阶段，有学生问赵彬彬："律师为何要给坏人辩护？"

赵彬彬立即问他："你如何知道他是坏人？法院作出终审判决之前，任何人在法律上都是无罪的，是否是坏人需要在法庭上经过充分调查与完整辩护，这才能避免像错斩崔宁那样，十五贯巧合，变成杀人案的巧祸。"

有学生问赵彬彬："如何看待有罪的人因为律师的高超水平而免于重罪甚至免于刑事处罚？"

赵彬彬回答说："律师的辩护必然是从侦查机关收集的证据入手，如果说因为侦查机关收集的证据不完整不规范导致有罪的人逃脱刑事追责，那也是法院对罪刑法定刑事原则的尊重,这些判决也会倒逼侦查机关更规范地收集证据。有罪的人成功脱罪后有两种可能,一种是从此洗心革面改恶从善,那么这次审判就是促成浪子回头;一种是此人心存侥幸继续犯罪,焉不知天网恢恢疏而不漏,总有失手的时候,最终被追责?"

在随后举行的惠明刑事部与政法学院的座谈会上,董春华院长对赵彬彬的分享表示感谢,欢迎惠明刑事部定期与政法学院组织交流,并邀请赵彬彬参加政法学院嵌入式授课,用鲜活的案例启迪学生灵活掌握法学知识。孙泽明主任在答谢词中表示,惠明刑事部会一如既往地支持政法学院的课堂建设,愿意派出更多的优秀律师参加政法学院嵌入式授课。

谈到刘海珊与赵彬彬的巧遇,董春华觉得这是一次命中注定,这也说明政法学院与惠明刑事部缘分太深,挡也挡不住。孙泽明与董春华还签署了在惠明律师事务所建设政法学院实习基地的协议,此后每年接受政法学院的实习生暑期实习。

董春华院长半开玩笑半认真地说:"听说赵律师还是单身,政法学院未婚女教师不少,有没有入赵律师法眼的?赵律师以后要多参加政法学院的活动啊,一不小心我们就是一家人了。"

赵彬彬略显尴尬地笑笑,他发现自己的大龄单身问题成了大家关心的话题,只好站起来表示谢意。平时能言善辩的赵彬彬,发现只要谈到感情问题自己就词穷理尽。

"小赵啊,下周三市人大、政协检查惠海市人民法院执行《刑事诉讼法》的情况,我推荐你与姜红艳参加座谈,你准备一下。你可是我们刑事部的骨干,也是青年律师的重要代表,在会上要积极发言啊。借助这次发言,把一线刑事辩护律师遇到的困难都抖搂出来,看看法院方面如何回应。"

孙泽明最近对刑事部造势与推出精英律师很有兴趣,赵彬彬、姜红艳成为他的主推人选。赵彬彬当然不能放弃这样的好机会，尤其是以受邀人员身份跟着人大、政协一起监督检查法院工作。

孙泽明最近似乎在考虑肥水不流外人田，一直想撮合赵彬彬、姜红艳这对被业务耽误的剩男剩女，也尽量给他们创造一起接触的机会。如果两人"礼成"，当然更能安定人心，在一定程度上也巩固了惠明律师事务所刑事部。孙泽明依旧有些担心赵彬彬羽翼丰满后会飞走，毕竟一家律师事务所的核心竞争力是业务人才。

赵彬彬似乎对高中时的女神黄晓娅有些说不出的感觉，上次听喻剑钧说黄晓娅也在惠海，就萌发了见一面的想法。学生时代的青涩记忆，还是不能释怀。但这极有可能是一厢情愿。一位高中都没毕业的农村子弟，如何能够高攀上县城的姑娘？何况人家顺利考上大学甚至读完硕士，也许人家早就嫁为他人妇了。只不过，没有见到黄晓娅本人，没有得到女神已经嫁人的客观事实，赵彬彬心有不甘。

喻剑钧当然知道赵彬彬当年暗恋过黄晓娅，他也曾是黄晓娅的暗恋者之一。这次赵彬彬帮了他的大忙，他也想帮老同学一把，看能不能制造机会让赵彬彬见上一面。如果黄晓娅未婚，当然就给了赵彬彬得偿所愿的机会。即使黄雅莉已婚，老同学聚聚也还是不错的。

"世上无难事，只怕有心人。"几经波折，郁钧剑终于打听到黄晓娅在惠海一中做语文老师，目前仍然单身。

上次喻剑钧将叔叔喻元发的水滴互助链接发到了同学群，黄晓娅也捐赠了五百元。喻剑钧就想借此与惠海市的一些同学小聚一下，一则对大家的帮助表示感谢，二则创造机会让赵彬彬与黄晓娅见面。

赵彬彬与喻剑钧通完电话，施晓慧突然打来电话："我这里有三张文化艺术中心的票，想约你与温凤岚去欣赏维也纳交响乐，机会难得不要错过。今晚7点大门口不见不散啊。"

赵彬彬刚放下电话，姜红艳也发来微信："有个汕头当事人在丽江制造贩卖毒品的案件，孙主任让我们一起办理，今晚7点我们在湖心岛棕榈树咖啡馆碰个头如何？"

正当赵彬彬不知道如何是好时，突然接到一个陌生女士打来的电话："你是赵彬彬律师吧？"

赵彬彬回答说："我是赵彬彬，您哪位？"

"我是司法局公律科的，这里有一份你的投诉信，你明天上午来司法局四楼公律科，找刘科长。"

赵彬彬一头雾水，疑惑地问："究竟是什么事，能告诉我吗？"

"是一位叫阿赖的当事人向司法局投诉你，说你私自收费，而且办理的案件没有达到承诺的效果。"

12 | 庭审逆转

喻剑钧十几年前去了深圳，一开始在一家台湾人开办的医疗器械厂做普工。喻剑钧最大的特点是勤奋好学，所以一些同事喜欢带着他做事，他们觉得这小伙子没有什么别的心思，就愿意跟着别人学习如何做工。喻剑钧每个月的收入大部分寄给了家里，一小部分用于生活开支，其次就是约工友吃吃饭、喝喝酒、抽抽烟。

一年多下来，喻剑钧与许多人成了好朋友。在这些朋友的帮助下，他成长很快，逐渐成了熟练工人，甚至进了技术组。

技术组的课长俞水清是中国台湾人，因毕业于高雄高专而自认为"师出名门"，此人技术上真是一把好手。喻剑钧说自己与俞水清是"半个本家"，"五百年前是一家"，经常帮俞水清打下手，甚至经常买烟买酒给俞水清。

俞水清一看有人帮自己干活，还对自己这么客气，也就偶尔指点一下喻剑钧，如何"开模"、如何"建模"，一来二去，两人就成了亦师亦友的好朋友。

几年后，俞水清回台湾，临走前向老板任锦阳推荐喻剑钧接替自己做技术课长。俞水清还把厂里发给他的钱留给了喻剑钧，说自己在台湾不差钱，能在大陆遇到这样的好朋友足矣。

喻剑钧也很感动，本来只是想拜师学艺，没想到却成了好朋友，还被当成至交。

喻剑钧在任锦阳的厂里工作了几年也成了骨干，最近还担任了产品部经理。只要出差去台湾，喻剑钧都去拜会俞水清。俞水清只要来大陆，必然来深圳见见喻剑钧，还鼓励喻剑钧参加一些慈善组织。

这次在惠海偶遇老同学赵彬彬，让喻剑钧有些喜出望外。两人都是高考的逃兵，都从大别山来到珠三角，都在他乡生存下来并站稳脚跟。十年辛苦不寻常，十年辛苦也颇值得回味。

赵彬彬正在犹豫是去听交响乐还是去品咖啡，却因为要应对阿赖的投诉，而不得不都婉拒了。

好在孙泽明主任再次"护犊子"帮了他，直接约上阿赖与接受阿赖投诉的张旭明副局长喝早茶。最后搞清楚原来是阿赖说自己去银行不方便，要求微信转账支付律师费，赵彬彬觉得举手之劳帮一下当事人也行，就接受了微信转账，而且及时转给了财务并开具了发票。张副局长一听就觉得是自己的老同学阿赖没道理，让他立即撤回投诉。

事后孙泽明告诫赵彬彬："一定要懂得保护自己，一些当事人很容易利用我们制度的漏洞，钻空子投诉我们律师。这种场合，你让当事人直接微信转账给财务就行，不要好心帮忙，却把自己置于危墙之下。"孙泽明顿了顿继续说道，"小赵啊，有个案件你要出一趟差，去你曾经工作过的龙襄县开庭。这个案件很急，家属最初一直在找熟人，最近才想起来找律师。家属腿脚不方便不能来我们所里，你带上材料去他们县城办理手续，律师费他们先转账过来。"

孙泽明越来越喜欢赵彬彬这样的操刀手，埋头办案，从不过问案件来源，不与家属谈论案件之外的事情。

赵彬彬也喜欢这种合作模式，自己做好"来案加工"的"加工厂"就行，无须花钱去包装营销，甚至不用太多应酬。

孙泽明把赵彬彬定位为业务骨干律师，只要赵彬彬充分展示自己的专业能力即可。高堂华屋之下的折冲樽俎或者纵横捭阖，无须赵彬彬参与，孙泽明自己出马就是。

赵彬彬带着助理李月华驱车三个小时，终于到了距离惠海市区最远的郊县龙襄县。赵彬彬等人在龙襄县看守所门口见到了被告人袁野强的父亲袁涛，当场办理了委托代理手续。

赵彬彬随即带着李月华去会见，时间太赶只能一切从简，但签名还是要面签，这也是赵彬彬做协警时就养成的好习惯。

袁野强是大车司机，运送的货物被查出有假烟，在高速公路上被公安机关查获，以生产销售不合格产品罪刑事拘留。

袁野强的家属最初以为花钱找人就能摆平，于是就没有找律师。结果先是被告知十五天能放人，后来被告知三十七天能放人，又说帮他取保候审，又说把案件挡在检察院。家属花了不少钱，案件却进了法院。

最近他们收到袁野强从看守所寄出来的信，要他们一定请一个专业律师，这个案件没有律师不行。家属这才通过朋友找到孙泽明。袁涛本想去惠海面见孙泽明，却因痛风发作动弹不得，只好让孙泽明派律师来龙襄县。

赵彬彬完成了会见，立即赶往龙襄县人民法院阅卷。

由于法院不提供光盘，赵彬彬与李月华整整一下午都在拍照，满满几十个卷宗，实在不容易。

法院规定了下周四上午开庭，短短一周里赵彬彬要完成阅卷、制作案件摘要、撰写询问提纲与质证提纲、起草辩护词，这意味着他将面临前所未有的忙碌。

赵彬彬还给家属做了笔录，向他们了解本案的情况。

吃完晚饭，赵彬彬马不停蹄地赶回律师事务所。看样子需要连续奋战几天，才能把这些卷宗吃透。

赵彬彬与李月华提前一天来到龙襄县，虽然时间紧急但该做的庭前辅导也不能少。赵彬彬说本案对袁野强最不利的证据就是他自己的供述，如何作出合理解释是关键。

赵彬彬还提醒袁野强注意庭审情绪与庭审语态："你是来诉说委屈讲道理的，不是来抱怨办案机关对你不公平的，你需要表现得很诚恳，从而让法官、检察官相信你，这才能有效查明事实，才能帮助你自己。"赵彬彬还强调说，"你的语速要适中，要注意不能过快，要让书记员能够准确记录下来。"

李月华补充了一些问话，预演了第二天的法庭询问，然后提醒袁野强："本案我们做无罪辩护，你本人可以笼统作认罪，但构成什么罪由法院作出决定。"

走出看守所，赵彬彬接到喻剑钧的微信留言："大功告成，我叔被认定为工伤，周六有空聚聚。"

这个喜讯让赵彬彬很高兴，不仅因为帮到了喻剑钧的叔叔喻元发，而且对于即将到来的袁野强案件开庭来说也是壮行曲。

大战来袭，赵彬彬与李月华小酌两杯，这也是赵彬彬多年养成的习惯。他觉得喝点小酒不仅能够提振精神，而且能够迸发思维的火花。两个人仔细核对了开庭资料后，稍作休息，等待即将到来的开庭。

"袁野强你好,我是你的辩护律师赵彬彬,有几个问题向你发问,请如实回答。

"第一,老板告诉过你车上拉的是假烟吗?

"第二,你参加过货物装车吗?

"第三,运输途中你有打开车厢查看货物吗?

"第四,你的同伴有告诉你车上运输的是假烟吗?

"第五,你能够通过闻气味辨明车上运输的是假烟吗?"

袁野强对上述问题逐一予以否定,这时赵彬彬提出了第六个问题:"那么请问,你是如何知道车上有假烟的?"

"我是被公安机关拦下检查,才知道车上有假烟。"

赵彬彬要的就是这句话,从而对袁野强口供中承认的"我知道车上是假烟"做了合理解释,避免了"自证其有罪"。公安机关没有问袁野强什么时候知道车上有假烟,也为袁野强辩诬留下了空间。

此后赵彬彬一路乘胜追击:"第七,你收取的运输费用有没有超过正常收费标准?第八,你有没有故意避开正常运输路线?第九,你有没有采取隐蔽的方式开车?"

几个问题下来,基本案情已经水落石出。法官用复杂的目光看着赵彬彬,检察官则眉头紧锁。赵彬彬不禁长吁了一口气,但愿有个好的结果。

开完庭,赵彬彬回到自己曾经工作过的派出所找老同事小聚一下。老所长田健新以茶代酒拍着赵彬彬的肩膀说:"我早就知道你小伙子不错,那几年在派出所你就一直在看书,也不跟其他人一起出去喝酒、打牌,真是不容易啊。最近经常在电视上看到你,实在为你高兴。"

老所长接着问："当年不谈恋爱，现在结婚了没有？"

赵彬彬笑了笑憨厚地回答道："还没有，正头疼呢。"

老所长说："不要总想着办案，要停下来考虑你的家庭生活，下次来惠海喝你的喜酒啊。"

13 | 法院座谈

这么多年来,赵彬彬还是第一次把车直接开进惠海市中级人民法院的大门。律师去法院办事只能把车停在法院门外,还经常被抄牌的交警"特别关照"。后来法院附近出现了收费停车场,虽然收费不菲但至少能够避免被抄牌。

这次赵彬彬来法院,是参与惠海市人民代表大会、惠海市政协委员会监督检查惠海市中级人民法院对《刑事诉讼法》的执行情况。对于这次"面对面"同中级人民法院交流的机会,赵彬彬做好了"放炮"的准备。

惠海市中级人民法院院长孟思学主持会议,分管副院长鲍立新代表法院汇报了过去一年执行《刑事诉讼法》的基本情况,刑一庭庭长史亮、刑二庭庭长唐磊明补充介绍了业务庭的审判情况,接受人大代表、政协委员、特邀嘉宾的询问并作出解答。

赵彬彬边听边认真做笔记,他知道自己作为新人需要多听别人怎么说。参加交流的人大代表、政协委员、特邀嘉宾中有不少律师,但亲自办理刑事案件的却不多,他们更多是做一般性发言,孙泽明不由得看了看赵彬彬,示意他待会儿畅所欲言。

等到大家发言得差不多了,赵彬彬这才开始"放炮"。他一下子提出了九个问题。

第一,阅卷难。既然检察院都能够刻录光盘提供给律师,为何法院不能提供刻录光盘给律师?大量案件律师是审判阶段才介入的,何况刻录光盘并非难事。

第二,开庭难。中级人民法院审理的案件大部分是二审案件,二审案件基本都不开庭。要知道刑事案件涉及人身自由与财产安全,民事审判都能以开庭为原则,刑事审判为何开庭难?

第三,质证难。律师提出辩护意见,这是履行辩护人的法定职责,却动辄被法官"叫停"。说好了"以审判为中心",如此一来岂不又回到以侦查为中心?

第四,出庭难。律师向法院申请证人到庭,是因为证人证言关系重大需要当场查实,但法院很少让证人出庭作证,不是说无法通知证人,就是说证人不愿意出庭,这种情况下如何查明事实?

第五,鉴定难。明明存在委托程序错误或者逻辑错误的鉴定意见,法院却经常用一句"鉴定机构与鉴定人员有鉴定资质"为由驳回。这完全是把鉴定意见看成法律结论而不是法律证据,究竟是鉴定人员审判还是法官审判?

第六,说理难。即使法院认为律师的辩护意见缺乏说服力,能不能全文援引律师的主要观点?即使法院认为律师的辩护意见漏洞百出,能不能加强说理逐一驳斥而不是千篇一律地用那句"没有事实和法律依据"搪塞?

第七,无罪难。无论是"事实不清证据不足"的无罪,还是"情节显著轻微危害不大"的无罪,法院基本都不愿意作出无罪判决，至少要"关多久判多久"。法院究竟是"一定要赢了人民群众"还是"为人民群众服务"？

第八，判决难。一个案件下来，不耗尽全部办案期限甚至不请求上级法院批准延期，很少有尽快出判决的。不是羁押状态还好，如果被告人被羁押在看守所，家里人心急火燎，法官能不能尽快出结果？

第九，改错难。大量案件只要存在上诉，必然是被告人不服。这就需要二审法院及时纠正错误，或者将被告人"罪有应得"之处说清楚。但二审法官却经常对上诉意见不予回应，或者不做正面回应，完全是抄袭一审判决，这如何能够解决矛盾？须知你们办理的不仅是案件，还是别人的人生啊。

赵彬彬这次法院"发飙"，促成孟思学当场表示成立专门小组研究解决"九难"，并把整改方案一个月内向人大、政协汇报。

《惠海日报》美女记者温凤岚也参加了座谈会，会后约赵彬彬在榕树咖啡厅闲谈。华灯初上，夜色阑珊，赵彬彬边喝着咖啡边向温凤岚介绍自己办案中遇到的各种问题。温凤岚认真做着笔记，还详细询问赵彬彬有什么解决建议。

赵彬彬为上次未能一起去欣赏交响乐而感到抱歉，温记者没有任何责怪，反而安慰他与客户打交道要小心。她这些年跑政法线，见过太多当事人因没有拿到满意的裁决结果而投诉律师的事。

温凤岚依旧是白裙飘飘，披肩的长发让赵彬彬有一种想要偷偷抚摸的冲动。温凤岚看着赵彬彬谈案件时的从容不迫与沉默时的手足无措，忍不住偷偷一笑，看来赵彬彬真不擅长与女生私下里交往。施晓慧说赵彬彬没有谈过恋爱，如今看来果真如此。

"有没有空？要不我们到秀水湖边走走？"

晚风吹着赵彬彬与温凤岚的脸颊，看着夜色中一对对男男女女享受着湖边的静谧，赵彬彬真想就这样与温凤岚一直走下去。只是他不知道该如何跟女生交往，太多的忙碌不仅冷淡了温柔，而且尘封了激情。

赵彬彬没有趁机送温凤岚回家，也没有问更多与她有关的故事，这让温凤岚有些失望。像赵彬彬这样聪明勤奋又憨厚的男人已经不多了，自己是否可以考虑一下呢？只是赵彬彬除了办案就是看书，除了唱歌就是爬山，没有多少生活情趣，这也是个大问题。

第二天的《惠海日报》对这次会议做了精彩报道，"法院座谈，律师说九难"一时间成为惠海市网络热词，赵彬彬无意中暴得大名。

律师行业沉寂了太久，大家都满足于自己的一亩三分地。对于律师行业集体权益，许多律师选择事不关己高高挂起，敢于直言的律师太缺乏了。

赵彬彬初生牛犊不怕虎，说了许多一线律师想说又不敢说的话，借助人大、政协检查监督中级人民法院的机会引爆了话题。法院不仅不好对律师表达不满，还需要积极向市人大、市政协表示整改，殊为难得。

惠海市律师协会会长费广涛作为市人大代表，也参加了这次座谈会，他对赵彬彬的表现大为赞赏。座谈会结束后，费广涛让律师协会秘书长廉冬芳通知赵彬彬，约他第二天下午在律师协会会长办公室见面，他要当面听听赵彬彬对律师行业建设的看法。

费广涛对赵彬彬并不陌生,两年前他还处理过对赵彬彬的投诉。

当时赵彬彬代理了司法局副局长岑跃辉远房亲戚薛桂湘的农村自建房纠纷案。赵彬彬认为薛桂湘的房子建成时已经获得所有权,此后即使与雷茂祥之间存在经济纠纷,也不可能是合作建房。因此,只要薛桂湘与雷茂祥的经济往来发生在房子建成之后,都可以明确不属于合作建房,薛桂湘都可以基于物上请求权要求返还房产。

不料法院竟然认为双方都无法举证属于借款还是建房投资款,直接驳回薛桂湘的起诉。二审法院维持了原判,并认为没有解决合同纠纷之前,法院不受理这种自建房纠纷。

这种难以理解的判决下来后,薛桂湘极为愤懑。他不敢向法院发泄不满,于是把怨气发泄到律师身上。薛桂湘平时没有找过他的亲戚岑跃辉,这次投诉律师却积极与岑跃辉联系。

岑跃辉一听律师收钱不办事,就直接投诉到市律师协会会长费广涛处。费广涛约岑跃辉与薛桂湘来办公室,他要当面查明情况。

费广涛当时问了薛桂湘四句话:赵律师与你签合同了吗?赵律师收取律师费有开发票吗?赵律师有出庭参加庭审吗?赵律师有保证这个案件包打赢吗?薛桂湘前面三个问题都回答"有",最后一个问题回答"没有"。费广涛说那你投诉他干吗?岑跃辉也觉得薛桂湘的投诉没有道理,此事才就此作罢。

赵彬彬在费广涛办公室聊了一个多小时,他向费广涛系统陈述了刑事辩护律师遇到的各种困难,希望律师协会能够提供便利予以解决。费广涛一一做了记录,还询问了赵彬彬有哪些好的解决方案,希望市律师协会提供何种帮助,赵彬彬把费广涛当作自己的长辈，敞开心胸侃侃而谈。

赵彬彬还建议市律师协会成立专业委员会。惠海市律师虽然不足千人，但已经两倍于韶关、梅州等地。韶关、梅州等地律师协会都有专业委员会，惠海市律师协会没有专业委员会有些说不过去。设立专业委员会，不仅有利于提高惠海市律师服务专业水平、建设惠海市专业品牌，还能给年轻律师提供更多的培养机会。

其实对于成立专业委员会，费广涛早有此意，也想在自己的任期内玉成此事，只是缺少一个契机。这次既然赵彬彬等年轻律师提出这个倡议，费广涛也表示会研究可行性。

费广涛问赵彬彬道："如果刑事专业委员会成立了，你愿意担任什么职务？"

赵彬彬说："我资历尚浅，担任秘书长或者副秘书长跟着走就行，我可以跟着前辈们学习。当然，如果律协有需要我出力的地方，我会义不容辞，积极完成。"

费广涛用赞许的眼光看着赵彬彬，这才是可造之才啊。如果有更多的优秀律师愿意参加到律师协会的工作中来，提高惠海市律师的整体素质，岂不容易得多？难怪当初孙泽明要把赵彬彬挖到自己的律师事务所，费广涛都希望自己的律师事务所多出几位赵彬彬这样的青年才俊。许多律师不是业务能力不强，而是对律师行业建设缺乏热情，只关心自身发展不愿意惠及他人。

与赵彬彬一番沟通过后，费广涛计划与孙泽明商量一下，先让赵彬彬进入市律协维权委锻炼一段时间，然后让他参与筹建首届市律协刑专委，对年轻律师多一些关心与帮助。

赵彬彬期待已久的刑事专业委员会终于要诞生了。

14 | 送法下乡

"赵律师,侨星村有家庭纠纷,你下午有没有空,可不可以来司法所一趟?"

赵彬彬接到龙山高新区伦湖司法所柳文浩所长的电话,立即答应下午三点过去。

赵彬彬在惠海市龙山高新区共担任了两个村委会的村居法律顾问,日常事务都交给助理李月华打理,他每月至少下乡一次,遇到基层突发性事件还要临时下乡处理。

让律师担任基层村委会、居委会村居法律顾问,也是惠海市几年前的首创。这种"把矛盾化解在基层,把法律送到基层"的模式,后来被推行到广东省乃至全国。

柳文浩是江西客家人,副所长赖丽港是本地客家人,他们与赵彬彬这位湖北佬一见如故。许多湖北人祖上都是江西人,赵彬彬祖上就是从江西上饶过去的。他们曾戏称都是"所里的人",司法所、派出所、律师事务所,如同一家。

每次赵彬彬下村,柳文浩只要有空都会陪同。这也导致赵彬彬成了"路盲",至今都不能开启"熟路模式"去他挂点的两个村。

平常有事要赵律师处理,不是柳文浩带着去村里,就是让村民直接来司法所。这次柳文浩恰巧忙着处理一堆材料，只好让村民来司法所处理。

司法所承担了太多的基层职责，管制、缓刑等诸多工作，都压在司法所。司法所只有一名借调的科员，这就意味着柳文浩、赖丽港不仅要像干部一样参加各种会议，还要像办事员一样办理各种具体工作。赵彬彬曾取笑柳文浩、赖丽港是"个体老板兼经理兼办事员"，不仅要办事，还要参加各种会议，太难了。

清官难断家务事，村民有事就找村干部，村干部就找司法所与驻村律师。赵彬彬居中坐在办公桌前，俨然是家庭法庭的法官，柳文浩与赖丽港分坐两边，客串人民陪审员。李月华负责记录，正好客串书记员，村干部参加旁听。

汤洁是伦湖镇侨星村村民腾兴旺的妻子，与家婆殷素丽感情不和产生矛盾，闹着要离婚。赵彬彬询问几句，就发现所谓夫妻感情不和，只是婆媳矛盾严重的副产品。赵彬彬虽然没有结过婚，但毕竟看过不少婚姻家庭的书籍，也办理过离婚案件，知道这种案件到了法庭都是以调解为主。

伦湖镇是龙山高新区最富裕的镇，而侨星村则是伦湖镇远近有名的富裕村。两年前赵彬彬就帮村里设计了招商引资开发方案，用建设用地的使用权与优质环保企业合作成立新公司，一方面增加村民就业，另一方面加快当地建设。

殷素丽属于村里先富起来的人。她精明能干，十几年前就凭着做早餐富裕起来了。这些年她的汤粉店开了几十家分店，亲戚朋友都来帮忙。殷素丽的汤有一秘方，这让她的食客念念不忘。传言有一家香港公司想花五千万购买，殷素丽都瞧不上眼。她究竟有多少钱，大家都不知道，只知道她在秀水湖边买房子都是整栋地买,听说她们店普通师傅都是月入三四万。

汤洁与滕兴旺是惠海学院的同学,大学期间两人谈恋爱,花前月下过得很幸福。直到去了滕兴旺家,汤洁才知道自己无意中嫁入了豪门。

殷素丽无论是在店里还是在家里都是说一不二,滕兴旺的父亲滕文涛也习惯了服从命令听指挥,这也养成了滕兴旺从小听话的性格。滕兴旺与汤洁谈恋爱时就很依赖她,在汤洁眼中他是百里挑一的暖男,也习惯了滕兴旺做她的小跟班,被她颐指气使地呼来唤去。

结婚后汤洁才知道,老公太听话意味着在婆媳发生冲突时没办法保护你。他不知道如何化解两个女人之间的矛盾。

两个女人都习惯了"说一不二",这就不可避免地出现了婆媳矛盾。汤洁在镇上的税务所上班,又因老公是家里唯一的儿子,于是就与家公家婆一起住在村里的豪华自建房里。婆媳间有了矛盾后,汤洁总是把怒气发泄给滕兴旺,所以这种婆媳矛盾很快就变成了夫妻矛盾,两人甚至闹到了分床睡的地步。

赵彬彬首先问殷素丽:"你爱你的儿子滕兴旺吗?你的儿子爱汤洁吗?"

殷素丽认真回答道:"我当然爱我儿子,他可是我十月怀胎生下来的,而且我还因为难产差点没活下来。我也知道我儿子爱汤洁,但是汤洁对我不好。"

汤洁正准备接话,赵彬彬急忙制止她:"现在查明了案情,我逐一问话,其他人保持沉默,待会儿会问到你们。"

"你爱儿子滕兴旺,你也知道滕兴旺爱汤洁,那么你就应该去爱汤洁,她不仅是你的儿媳妇,而且是你儿子的妻子,还是你未来孙子的妈妈。如果因为你与汤洁水火不容导致夫妻两人反目,你想想最伤心的是谁?最伤心的是你的儿子滕兴旺。他最爱的两个女人天天争吵,他会好受吗?

"你爱你的儿子,就应该让他活得开心,而不是让他在两个吵架的女人之间左右为难。白天你们都在忙,汤洁下班回家才有时间在一起,你们要珍惜在一起的时间啊。你儿子长大成人了,他有自己的生活,你已经把他交到了媳妇的手上,就应该尊重他们,这才是爱你的儿子。

"汤洁你也是,你家婆对你也够好吧?你结婚时要穿金戴银,要豪华车队,要去国外旅游结婚,哪一项没有满足你?甚至你要给你父母盖房子,要供你弟读书,殷素丽都支持。你说上班不愿意挤公车,你家婆给你买了车,还有这样贴心的家婆吗?家婆是在帮你,不是欠你的。

"你爱你的丈夫滕兴旺,就应该爱你的家婆殷素丽,这样才能不让他为难。家婆个性要强,那是长期社会阅历下形成的,一个大家庭必然要有一个强有力的人给大家遮风挡雨。你也知道你丈夫性格温顺,这就意味着你不可能躲在他的身后,而是要自己去处理好与家婆的关系。

"对家婆好一点,脾气小一点,都是一家人,能够静下来多一些沟通交流该有多好?老太太年纪大了一点,更需要儿子儿媳的关爱。

"还有你滕兴旺,你不能当逃兵。两个女人都因为爱你爱得太深才争吵,你需要站出来化解两个人的矛盾。婆媳间产生矛盾你置之不理,一旦两个人中有一个人气生病了,你心里能好受吗?你是家里的主心骨,不能总是逃避。

"滕文涛,我也要说你几句。"赵彬彬真把自己当成法官了,他在回忆指导员当年如何给自己做政治工作,"你是一家之主,你的妻子与你的儿媳之间发生矛盾,你不能不闻不问啊。你是殷素丽的丈夫,说的话她还是会听的。她在外面很忙碌,有些不好的情绪需要有地方释放,作为丈夫你应该及时帮助殷素丽释放一些坏情绪,多担当一点,殷素丽心情好一点,婆媳矛盾也就少一点。这辈子很短,你们有缘成为一家人,要珍惜啊。"

其实许多道理他们都懂,只是需要有人来点醒。

一个强大的家婆背后,往往是懦弱的家公与听话的老公,两个女人都不愿意让步,也没有人敢跟她们说实话,于是闹矛盾甚至闹离婚也就不可避免。只要大家相互之间多一些理解与忍让,那么她们之间的矛盾就可以化解。

赵彬彬突然发现,自己很适合做别人的思想工作。一场寻死觅活要离婚的家庭变剧,终于在伦湖司法所处理好了。柳文浩又做了一些安抚工作,总算化解了这次矛盾。

殷素丽对律师与司法所的服务很满意,第二天就给伦湖司法所与赵彬彬各送了一面锦旗,感谢他们为自己提供的无私帮助,还邀请赵彬彬担任他们公司的法律顾问。

赵彬彬欣然接受,还拉上孙泽明一起为殷素丽提供服务。

赵彬彬事后给高新区法院民庭法官罗文广发微信说:"文广兄,昨天调解了一宗离婚案,抢了你们生意啊。"罗文广很快回微信说:"这种抢生意的行为越多越好,下次我来旁听学习。"

前年一宗离婚案件,赵彬彬代理男方毕俊奇起诉要求离婚,罗文广主审,被折腾得够呛。女方郝燕莱坚决不肯离婚,还说如要离婚她就从法院五楼跳下去。罗文广不知道做了多少次工作才调解结案。毕俊奇把房子给了儿子毕时光,并承担毕时光上大学的费用,还每月支付郝燕莱三千元生活费,这才算了结此案。

这个持续一年半的案件,让赵彬彬学到了不少家庭婚姻案件处理经验,也与罗广文无意中成了好朋友。

赵彬彬还经常打趣要罗广文请客吃饭:"我请你是行贿,你请我是亲民,法官也是官啊。"

罗广文说:"请赵律师吃大餐可能不行,法官收入可怜啊。不过,请赵律师吃汤粉吃木桶饭,或者赵律师来法院食堂体验生活,我随时欢迎。"

"明晚六点半,湖北风味楼666号房,老同学聚聚,女神会来。"赵彬彬接到喻剑钧的微信,不由得心里一颤。

15 | 新来文员

"这位是新来的前台文员邬佩玲,毕业于惠海学院政法系。"行政主管钱虹领着新来的前台文员邬佩玲,向所里的律师介绍。这也是惠明律师事务所的传统,新人进所需要向全体成员报到,以尽快融入律师事务所。

原来的前台文员沈莉通过了司法考试,成了姜红艳的新助理,所里也就需要再招一位前台文员。惠明律师事务所历来按照律师助理的标准招前台文员,既要颜值,也要文凭,还要有上进心。

孙泽明认为,律师事务所的前台文员是律师事务所对外的第一印象,不能是花瓶。前台文员若能通过司法考试做律师,不仅能够吸引高素质的女生加盟律师事务所,而且也是绝佳的软实力宣传。

前台文员的日常工作不仅仅是文件收发、客户接待,还需要掌握"四项基本功",即开车、摄影、撰稿、编辑。几年的熏陶下来,她们很容易成为文案高手,被骨干律师引入自己的核心团队。

钱虹是惠明律师事务所的元老,律师事务所刚成立时就加入了惠明这个大家庭。她从前台文员到资深行政主管,这么多年来对惠明律师事务所是不离不弃。孙泽明的意见是，宁可给行政辅助人员加工资，也不要轻易加人；与其多招一个人，不如让行政辅助人员的薪酬更可观。

钱虹年薪多少只是传说，但行政主管有房有车却是标配。这也是惠明律师事务所留住熟手的关键所在，所谓"嘘寒问暖，不如收入翻番"。

赵彬彬看着邬佩玲，不由得心里一惊，与高中时的女神黄晓娅实在太像了，不禁又勾起了赵彬彬对十几年前高中生活的回忆。望着邬佩玲远去的背影，赵彬彬怅然若失，直到姜红艳敲门进来。

"赵律师，这是孙主任要求的刑事论坛方案，你看看有什么要完善的。"

惠明律师事务所成立刑事部后，第一件事就是组织"惠明刑事论坛"，孙泽明认为这不仅是惠明律师事务所刑事部成立的"宣言书"，更是抢在全市之前组织一次"刑事论坛"，确立惠明刑事部的业界地位。以后要成立市律协刑事专业委员会，必然要组织"惠海刑事论坛"，惠明律师事务所的会务经验就是很好的"试水"。

有了检察院的工作经验，姜红艳太适合这些会务组织安排了。她的新助理沈莉过去三年也参加了律师事务所无数次的接待与交流，邀请过不少业界知名律师、大学教授、媒体专栏作家，处理会务更是得心应手。

赵彬彬提出几点补充意见，与姜红艳一起完善规划。赵彬彬对会务流程不太熟悉，但他建议增加媒体报道，增加一线律师的发言。

孙泽明在姜红艳送来的惠明刑事论坛组织方案上签名同

意，提出成立会务、宣传等小组，并与行政部对接。

孙泽明表示这次论坛是惠海市的"首秀"，不仅代表惠明律师事务所的水准，而且代表惠海市的水准。赵彬彬、姜红艳可以组织对外学习交流，借鉴其他律师事务所特别是广州、深圳等地律师事务所组织刑事论坛的成功经验。

孙泽明还表示，这次论坛由赵彬彬主持，姜红艳负责组稿并在会议上做主题发言。既然是无罪辩护论坛，那么惠海市律师中有无罪辩护案例的律师都会被邀请发言，这不仅是一次辩护经验交流，更是一次辩护成果展示。

孙泽明还要求完善《惠明刑事辩护经典案例集》白皮书，这次论坛上要发给与会嘉宾。白皮书分为无罪案例、改变罪名案例、有效轻判案例等。

姜红艳提议拍摄刑事部律师个人形象照，将品牌宣传的文案做足。

"赵律师，是否有空接受咨询？"赵彬彬本来忙得不亦乐乎，准备让实习律师去接受咨询，但听到是新来的文员邬佩玲打来电话，立即改变了态度，"好吧，正好有空。"

邬佩玲带着一对母女走进了办公室，帮她们添了茶，然后关门走出去。虽然是第一天上班，赵彬彬却发现这位新来的文员很熟悉她的本职工作。看来钱虹培训新人，颇有一手。

赵彬彬与访客乐丽华寒暄了几句，便开始询问情况。经过半个小时的询问，赵彬彬总算厘清了头绪。

原来，乐丽华的丈夫常思德在惠海市惠湾区隆丰镇开了一家养猪场，中央环保督察组"回头看"时认为隆丰镇环保不合格，所以这些镇的养猪场都被要求拆除。常思德认为自己刚刚投资了一大笔钱，按照环保部门的要求做了化粪池硬化处理等环保措施，也不在"禁养区"红线图内，因此无须拆除。他认为自己的养猪场一直都是环保合格的，不能因为政府换发的排污证迟迟没有下发，就认为他是无证排污。

后来隆丰镇政府组织了强拆养猪场专项行动，乐丽华心疼自家那几百头猪就去阻拦强拆，被强拆人员推倒在地。常思德与乐丽华夫妻情深，看到妻子被推倒在地，就拿着杀猪刀冲上去，用刀背碰了一下带队的副镇长于鼎祥，导致于鼎祥轻微伤。于鼎祥等人报警后，常思德被隆丰镇派出所民警带走，以妨碍公务罪立案侦查。

常思德的女儿常娅是中心医院的医生，正好住在秀水湖边，看到旁边有惠明律师事务所的招牌，就与母亲顺路进来咨询。

赵彬彬对乐丽华母女说，这个案件无罪辩护的关键，就在于能否推翻镇政府强拆养猪场的行为属于"公务"。一旦该行为不属于合法的"公务"，当然也就不能称其为妨碍公务了。

赵彬彬提出如果家属有意委托，他会在接受刑事代理的同时向法院起诉该强拆行为不合法的行政诉讼，双管齐下。

赵彬彬办理过工伤认定案件，有一定的行政诉讼经验。而且对于那些需要行政违法才能认定刑事犯罪的案件，刑事辩护律师本就应该懂得行政诉讼知识。当年在基层派出所工作时，行政执法与刑事侦查本就连在一起，赵彬彬太熟悉这些规则了。

乐丽华签署了委托代理合同，说没有带那么多费用，约定第二天过来缴费。赵彬彬表示缴完费后就去看守所办理会见，详细了解案情才好做出下一步的研判。

赵彬彬后来才知道，乐丽华不是去筹集数额不菲的律师费，而是去向政法界的朋友打听赵彬彬律师业务能力究竟怎样。一位法官朋友对乐丽华说，赵彬彬是惠海市律师界的奇才，擅长无罪辩护，你找他如果说做无罪辩护那就对了。整个惠海市有无罪辩护成功案例的没有几个，但赵彬彬就是其中一个。

看来家属还是更愿意相信第三方尤其是法官对律师的评价。许多法官可能不喜欢办理那些技术型律师代理的案件，但他们内心深处还是尊重那些技术型律师的。

邬佩玲一来律师事务所就给赵彬彬带来了新案件。钱虹打趣说邬佩玲是赵彬彬的案源吉祥物，要求赵彬彬请客。赵彬彬说择日不如撞日，要不就在附近的棕榈树咖啡馆请几位行政文员一起吃西餐吧。

赵彬彬很尊重行政文员，在他看来这不仅是一种基本礼仪，也是因为律师太多的工作需要他们的支持。

赵彬彬在惠林律师事务所刚执业那年，就曾从行政文员那里获得不少案源，支撑他熬过最艰难的年月，避免"饿死在春天里"。当时前台文员蔡巧玲经常将咨询业务介绍给赵彬彬，虽然大部分都是过来蹭免费咨询服务的，但其中也不乏一些优质客户。只要其中有五分之一乃至十分之一的咨询客户愿意委托律师，就能解决赵彬彬的生存问题，何况有人咨询也可以练手嘛。

来到惠明律师事务所后，前台文员沈莉也经常让赵彬彬接待咨询业务，帮赵彬彬练成了"把咨询变成接案"的技能。行政主管钱虹等人也很照顾赵彬彬，甚至张罗给赵彬彬介绍女朋友，是一位让人尊重的好大姐。

一些资深律师对行政文员很不客气，有人还会因为行政文员见到自己没有打招呼而生气，甚至投诉到行政主管那里，赵彬彬觉得有些荒唐。律师最应该懂得人人平等，怎能强求他人尊重自己。

赵彬彬一行人刚走进棕榈树咖啡馆，迎面碰到施晓慧与温凤岚吃完饭肩并肩走出来。赵彬彬连忙迎上去打招呼，温凤岚略带羞涩地跟赵彬彬点头示意，施晓慧说难得见到我们赵大律师有空出来啊，赵大律师身边美女如云啊。

赵彬彬赶紧解释说，那是我们行政人员，今天签了一个新单，被行政主管鼓动请她们吃饭。

施晓慧扑哧一笑说，看把我们赵大律师急的，我也是关心你嘛。有空应该出去走走，不能只顾埋头工作，也要欣赏窗外的风景啊。春暖花开了，周末我们去海边绿道骑行如何？

赵彬彬这才发现来惠海市多年，还是做协警时去过海边，这么多年都在忙忙碌碌中度过，是时候腾出时间去踏踏青看看海了。

每次见到施晓慧他都有点害怕，因为知道她太多隐私。每次施晓慧都对他很热情，如同相识多年的老朋友。只是施晓慧每次见他都带着闺蜜，这是啥意思呢？

女人就是喜欢八卦，刚坐下来，钱虹就问赵彬彬刚才那两位女生是谁，白裙子的女士韵味十足啊，蓝色裙子的女士有点矜持。

赵彬彬摆摆手说，那是媒体的两位记者，经常帮我们宣传。孙主任说了，我们需要借助身边的贵人尤其是媒体的贵人。

钱虹说，赵律师向来有办法，与媒体女记者交流一下就交往上了。媒体也有不少单身女子，赵律师需要扩大搜索范围的，"遍地撒网，重点培养"嘛。

16 | 重逢女神

孙泽明一直要赵彬彬换辆车,他那辆雪铁龙世嘉实在不适合再开出去见客户,毕竟他现在是惠明律师事务所的合伙人与刑事部副主任,他的车辆不仅是自己的脸面,更是律师事务所的形象。但赵彬彬认为这毕竟是自己的第一辆车,而且开起来舒坦,一直舍不得换掉。直到上次去龙襄县与被告人袁野强的父亲袁涛见面,赵彬彬才觉得自己的车有点不妥。好在案件都是孙泽明谈好的,自己只是操刀手。车辆虽然低档了些,但影响不大。

钱虹也说,赵律师需要换一辆车,毕竟车辆会影响律师给他人的第一印象,也是许多潜在客户判断律师身价的参照物。

一语点醒梦中人啊,是时候考虑换一辆车了。姜红艳是检察官出身,做律师不久就把她的马自达3换成了雷克萨斯ES,给人干练女性印象。许多广东律师喜欢日系车,而赵彬彬喜欢欧系车,但又不喜欢街车,看来是需要认真做个攻略了。

钱虹认为律师专业形象的塑造,不仅在他的谈吐,而且在他开什么车、穿什么衣服。钱虹建议赵彬彬去服装店定做两套好一点的西装,然后"金九银十"时换一辆五十万以上的车,这才有合伙人的气概。律师既然是服务行业,那就需要注意服务的外在形象，要能够吸引服务对象来选择自己。

钱虹一席话，让赵彬彬有醍醐灌顶之感，赵彬彬表示是时候做一些改变了。钱虹半开玩笑半认真地说，赵律师经常请我们吃饭，我们共同帮赵律师设计形象，这多好啊！

想想也是啊，钱虹毕竟经过了二十多年的职场历练，二十年多来见过太多的律师稳步成长，也见到了不少律师弯道超车。这种见识是赵彬彬这样的年轻律师最缺乏的。赵彬彬可以敬业、勤奋，可以专注刑事辩护，但生活经验却是敬业、勤奋甚至关注替代不了的。

袁野强运输假烟的案件，终于有了结果。不是赵彬彬期待已久的无罪判决，而是法院同意检察院撤回起诉。检察院认为案件证据发生变化，不应该追究袁野强刑事责任，申请撤回起诉。赵彬彬虽略有遗憾，但依旧满心喜悦。撤回起诉虽然不是无罪判决，其实也是无罪案例，而且避免矛盾上交，充分照顾了各方利益。

袁野强的家属袁涛打来电话，对赵彬彬千恩万谢，还说要送一个锦旗过来。

赵彬彬用微信向孙泽明汇报了案件结果："幸不辱命。"

孙泽明则一副理所当然的样子，回复"不出所料"。

晚上参加同学聚会之前，赵彬彬拿到这份法院同意检察院撤诉的裁定书，他也因此对自己的未来充满了希望。十二年了，终于走出了一条属于自己的路，与那些上了大学的同学相比，自己并不逊色多少。想到晚上要见到分别十余年的老同学，特别是要见到自己的女神，赵彬彬有些激动又有些胆怯。

赵彬彬六点下班，驱车前往河东CBD附近的湖北风味楼，喻剑钧作为召集人五点半就到了。既然有外地同学过来，自己作为地主还是先去为好。与这些同学十多年未曾见面，赵彬彬不知道还能不能顺利叫出他们的名字，先去也可以让喻剑钧对自己剧透一下。

"赵彬彬，还记不记得我？"赵彬彬敲门进去后，被一位大个子迎上来握着手。

"傅德坤，真的是你啊？这么多年来，你究竟去了哪里？听说你去西藏当兵了，后来呢？"赵彬彬一看，原来是"睡我上铺的兄弟"，高中时他们一个寝室。

"赵彬彬真是只管埋头办事，都没空抬头看人。傅德坤就在你们秀水湖最大的小区秀水花园做物业副总，你在旁边的观湖商务大厦上班，相隔不到一公里，竟然没有见过面？"喻剑钧惊讶地说。

"实在不好意思，最近都忙昏了头，在同学群也没有与大家私聊，都是我的错啊。要不晚上我多喝两杯，向德坤兄赔不是？"

"多喝两杯酒就算了，谁不知道你赵大律师能喝酒？我还是怀念你学生时代写的作文，要不今晚写篇作文纪念一下？"

赵彬彬高中时代津津乐道的就是自己作文不错，经常被语文老师拿到班上去念。赵彬彬其实有他的小心思——通过认真写作文，让女神听到。不过赵彬彬卖力写作文，虽没能让女神成为自己的朋友，倒是误打误撞锤炼出好的文笔，无论是当兵、当协警还是做律师都颇为受益。

傅德坤高中毕业后去了西藏当兵，退伍后先到深圳做保安，然后来惠海做保安。他不仅任劳任怨，而且从不放弃读书学习,短短几年间竟然从保安员做到保安队长,再从保安队长做到保安经理,现在已经成为惠海头号地产公司家余庆地产的物业公司的副总。

他给自己定的任务是"服从命令听指挥",从来不抱怨吃亏。这也让他取得了不错的成绩,哪位老板不喜欢军人风格的优秀员工,何况家余庆地产公司的老板余海波也是军人出身。

"在广东奋斗几年,我也有房有车娶妻生子了,虽然我的房子小一点,车子差一点,但家庭生活平淡幸福。"谈起这些年的生活,傅德坤脸上洋溢着满足的笑容。

赵彬彬曾认为自己这几年足以出人头地,直到遇到喻剑钧后才发现牛人太多,现在遇到傅德坤,才发现大家都有一本励志故事,每个人都没有停步。每个精彩的背后,都是努力的样子。

许多人说同学聚会都是小有成就的人才敢参加的饭局,那些没有故事的同学,是不愿意参加这些聚会的,除非是在老家。赵彬彬则认为同学聚会就是叙叙旧情,何必掺杂其他?

喻剑钧为了赵彬彬与黄晓娅重逢,也是花了不少心思。他约了深圳与惠海几位同学参加这次饭局,以接待学习委员潘惠娜为名,召集了惠海与深圳、广州等地的八名同学,避免了赵彬彬或黄晓娅被过多关注。

黄晓娅一袭白裙与身穿白衣红裙的潘惠娜一起走进来,赵彬彬、喻剑钧、傅德坤等人站起来迎接。

赵彬彬、喻剑钧看到黄晓娅,都不由得心里一颤。十二年不见了,依旧是那么光彩照人。

傅德坤赶紧过来添茶,招呼大家入座:"上好的云雾茶,诸位切不可错过啊,还是我上个月从老家专程带过来的。"

"赵彬彬,其实我这次是专程来看你的,"潘惠娜主动握住赵彬彬的手,"听说你今天又收获了一宗撤回起诉案件,可喜可贺啊,这才是律师该有的样子,用专业技能说服办案机关,帮到别人。"

赵彬彬正奇怪潘惠娜是如何知道自己的事的,潘惠娜又继续说道:"姜红艳是我的学妹,你忘了我们是一个大学毕业的?听说你们配合不错啊,又有无罪判决,又有免于刑事处罚,又有不起诉,又有撤回起诉。我这次来惠海,一则是看望几位老同学特别是我的好闺蜜黄晓娅,二则是向赵彬彬请教刑事辩护经验。惠海的风景实在不错,赵彬彬、傅德坤、黄晓娅,你们真会选地方啊。"

"不要闲聊了,这湖北腊猪脚要赶紧吃,还有这红烧鱼、清炒菜薹,满满家乡的味道。这腌菜煮豆腐、腌豆角,是我们学生时代的最爱,大家都还记得吧?"喻剑钧招呼大家"开工",边吃边回顾学生时代的青葱岁月。

梳理了一遍高中时的同学都"都去哪儿了",又开始梳理高中老师去了哪里。喻剑钧完全是"路路通",早就对班上同学的去向了如指掌,看来对今天的同学聚会他做足了功课。

潘惠娜俨然是同学聚会的主角,掌控场面的能力,从学生时代一以贯之,喻剑钧也自叹弗如。她似乎跟每位同学都很熟,让每位同学都感受尊重与客气,甚至不经意间把赵彬彬推上前台,向大家介绍"我们班的黑马创造了什么样的奇迹"。

与女神的第一次重逢,赵彬彬做了无数次的预演,每一次都激动万分,不料却被不解风情的潘惠娜搅局,拉着自己谈办案,谈职业规划,难道律师都是如此这般大煞风景?赵彬彬本想跟黄晓娅说说话,却被潘惠娜缠着问个不停。学生时代潘惠娜就是有名的"红辣子",看来多年过去了一点都没改变。

潘惠娜还带着赵彬彬给各位同学敬酒,俨然赵彬彬是她的小弟。给黄晓娅敬酒时,潘惠娜还半开玩笑半认真地说,黄晓娅当年是许多男生暗恋的女神,今天见到女神是否有点小激动啊?说得黄晓娅涨红了脸,更让赵彬彬、郁钧剑、傅德坤等人呆迷迷地举着酒杯,傻傻地看着黄晓娅。

潘惠娜感叹说,赵彬彬当年没有参加高考,否则我们会多一位作家而少一位律师。我就知道高考不是赵彬彬的绊脚石,也不是喻剑钧、傅德坤的绊脚石,能与你们这些不停止努力的人同学一场,是我的福分。大家举杯,当满饮此杯。

赵彬彬主动加了各位同学的微信,发现黄晓娅的微信名是"月如钩",这是什么意思?她的彩云呢?

傅德坤表示这次聚会太仓促了,年底邀请大家去紫金御临门泡温泉,生活不可辜负。

郁钧剑则哪壶不开提哪壶,建议带家属结伴而行,独乐乐不如众乐乐。这厮明显不顾在座同学中只有赵彬彬、黄晓娅依旧单身的尴尬,公然"欺负人"!

"潘大律师太不解风情了吧?你不知道赵彬彬高中时暗恋过黄晓娅吗?这次他们好不容易十几年来第一次见面,结果被你抢镜头了,你什么意思嘛。"同学聚会后回到深圳,喻剑钧很不客气地打电话给潘惠娜,为赵彬彬抱不平。

"老同学实在对不起,是我后知后觉,是我错了。这次老同学见面只顾与赵彬彬谈业务了,这也是律师职业病,实在不好意思。既然我们的女神黄晓娅还是单身,他可要抓住机会啊。赵彬彬在律师界已经小有名气了,还有不少的传奇故事,女孩子都有英雄情结,你要鼓励他胆子大一点,喜欢要勇敢说出来。"潘惠娜也是快人快语,又让喻剑钧转达给赵彬彬黄晓娅的一些性格喜好,表示要玉成两人美事。

周末赵彬彬带着施晓慧与温凤岚去百鸟湖踏青,施晓慧带着儿子明仔同去,满眼洋溢着母爱。小家伙跟赵彬彬自来熟,一直牵着赵彬彬的手给他讲故事,或者要他抱要他背。赵彬彬感叹说,难怪施晓慧说儿子是她的命,这小孩子太可爱了,任谁带熟了也舍不得交给别人。

小家伙甚至要赵彬彬与施晓慧牵着他的两只手,在沙滩上奔跑、跳跃,阳光下留下一串串孩子的笑声。温凤岚则变成了摄影师,不停帮他们抓拍镜头。

温凤岚偷偷对施晓慧说,孩子太需要父爱了,你要再找一个啊。施晓慧说,你以为我不想啊,但谁愿意帮我养儿子啊?赵彬彬人能干,又会照顾孩子,你需要主动一点才是,不要错过机会啊。

施晓慧鼓动儿子要温凤岚与赵彬彬牵着他奔跑,想让两人感受到带娃的幸福。施晓慧打趣说,要不要把我儿子定期交给你们带一下,提前实习一下如何带娃?

17 刑事论坛

十二年前,赵彬彬参军去了广东,从此大家就都没有了他的消息。在黄晓娅的记忆中,赵彬彬是一位喜欢读书喜欢写作文的瘦高个子,白白净净、文质彬彬,正如他的名字。记得赵彬彬英语和数学不太理想,但语文、历史成绩出奇的好,还是班上的历史课代表。

老师与同学都为他当年没能参加高考感到惋惜,以他的成绩即使考不上重点大学,考上普通大学还是有把握的。黄晓娅对赵彬彬的记忆并不多,高中时代两人没有太多交流,黄晓娅不爱说话,赵彬彬似乎也不爱说话。

黄晓娅与潘惠娜一直是好闺蜜,两人都住在县城同一个小区,从幼儿园开始就是好姐妹。她们即使考上了不同的大学,也经常联系,甚至借着看同学,到武汉、重庆双城游。

学生时代黄晓娅与班上的同学交往不多,更与赵彬彬、喻剑钧、傅德坤这些山村里来的同学交往甚少。一些同学说她高冷,其实她是典型的乖乖女,只知道埋头读书,不擅长与人交往。

黄晓娅在华中师范大学读完本科与硕士,一个偶然的机会来到了广东,五年前进入惠海一中做老师。学生时代爸爸妈妈不准她谈恋爱甚至不准与班上男生过多接触，毕业了就催婚，黄晓娅对父母不准早恋又急着催婚很郁闷。

在惠海一中几年，学校工会与团委组织过多次青年教师交流活动，其实就是给大家创造"脱单"机会。黄晓娅一直没有找到合适的，眼看着到了而立之年，"女神"也熬成了"剩女"，依旧不知谁才是自己的真命天子。

上周的同学聚会上，黄晓娅对赵彬彬印象最深的地方，就是潘惠娜介绍说赵彬彬做律师四五年，收获了大量成功案例，是年轻律师中的佼佼者。他虽然没有上过大学，更没有读过法学院，却通过自身的勤奋，比他们同学中读过法学院的更胜一筹。黄晓娅为有赵彬彬这样的律师同学而自豪，但更多是把赵彬彬看成老同学，从来没有想过自己会喜欢上赵彬彬。

前几日潘惠娜竟然来电话说赵彬彬暗恋自己，这让黄晓娅有些惊讶，更有些手足无措。潘惠娜建议黄晓娅可以先与赵彬彬交往试试，并表示自己可以经常过来惠海给黄晓娅上上课，教一下她如何抓住赵彬彬这种绩优股。

潘惠娜似乎把促成赵彬彬与黄晓娅成双对当成自己的新工作，这也许是她在为自己上次的莽撞表示歉意。此后，潘惠娜开始频繁带着老公与孩子来惠海找黄晓娅小聚，顺便"秀恩爱"刺激一下黄晓娅。赵彬彬偶尔也被邀请小聚，忐忑不安地与黄晓娅一起，跟着潘惠娜一家三口，去湖边徒步，去湿地观鸟。

潘惠娜简直看在眼里急在心里，真不知赵彬彬这榆木脑袋是如何拿到自修本科毕业证，如何通过司法考试，如何做上律师的。黄晓娅还单身，你就不能主动去追求吗？

潘惠娜又不好直接找赵彬彬说，虽然是老同学，但毕竟十二年没见面了，她也担心自己的莽撞让赵彬彬望而却步。潘惠娜心想，我该不该找赵彬彬的好朋友问一下呢？

惠明刑事论坛经过精心筹备后，终于在秀水湖畔的惠海宾馆四楼会议室举行了发布会。惠海市政协、惠海市法学会、惠海市律师协会作为指导单位，广东惠明律师事务所作为主办单位，显示了不同凡响的高规则。

孙泽明不愧为老江湖，他安排了市政协副主席伍锋与市法学会副会长、市党委政法委副书记康君楠致辞，市律师协会会长费广涛总结。他把这次无罪辩护论坛定位为"法律职业共同体的合作盛宴"，邀请了十多家媒体"全方位无死角"报道，并要求"主旋律"应该确定为办案机关坚持"疑罪从无原则"，充分尊重人民群众的"诉讼权益"，在个案中体现公平正义。

赵彬彬作为主持人，获得了来自珠三角七个城市律师同行与大学专家学者的关注。惠明刑事部的经典案例被制作成白皮书印发给与会人员，同时也把惠明刑事部与赵彬彬、姜红艳这些精英律师，推向了前台。

这次无罪辩护论坛，要求有无罪判决案例的律师才能做主题发言。姜红艳等人在论坛上的发言，既是交流无罪案件的办理心得，也是向众人展示"我有无罪辩护经验"，借助媒体做了很不错的业绩宣传。来自省律师协会、惠海市司法局与中山大学、华南师范大学、惠海学院的五名专家做了点评发言，称赞其是刑事辩护皇冠上的明珠。

现场互动阶段，赵彬彬安排了惠海学院学生、惠明律师事务所律师及兄弟律师事务所律师与主讲嘉宾、点评嘉宾对话，从而把这场论坛推向高潮。媒体记者还抓住时间采访了与会嘉宾,用"惠海首次刑事论坛""分享无罪辩护经验"的关键字吸引广泛关注。秀水湖畔网站还现场直播了这次论坛,惠明刑事论坛上了当地热搜。

孙泽明举办这次活动也是不遗余力,他不仅希望借这次论坛打造惠明刑事部精英团队品牌,也希望借机推出赵彬彬、姜红艳这些精英律师,从而在惠海市乃至珠三角地区刑事辩护市场获得一席之地。既然赵彬彬向费广涛提议成立刑事专业委员会,既然刑事专业委员会成立后必然要组织惠海刑事论坛,那么孙泽明就可以用这次惠明刑事论坛展示惠明刑事部的实力。

费广涛对这次刑事论坛非常满意。上次赵彬彬在中级人民法院"放炮",他就觉得这位年轻人很了不起,有闯劲有干劲,只是还需要打磨,需要爱护。赵彬彬提出成立刑事专业委员会,也正中费广涛下怀。赵彬彬执业四年多,已经加入了市律师协会维权委,参与筹建市律师协会刑专委当然够资格。而且赵彬彬有能力有热情,背靠着精英荟萃的惠明刑事部,没有比他更合适的市律协刑专委秘书长甚至副主任的人选了。

孙泽明资格比费广涛还要老,他主动请缨担任市律师协会刑事专业委员会主任,看起来是屈才了,但费广涛知道孙泽明醉翁之意不在酒,摆明了是帮赵彬彬"占位子",下一届刑事专业委员会,孙泽明完全可以把赵彬彬推上主任的位置。

《天下无贼》里黎叔说得好,"21世纪什么最贵?人才!"谁拥有了人才,谁就拥有了未来,费广涛不得不佩服老朋友孙泽明的眼光。赵彬彬毕竟是惠海的律师,也是惠海律师界的人才,自己这个会长应该帮他提供各种便利。按照目前的态势,十年后赵彬彬必然誉满全国。这是他个人的荣耀,也会成为惠海律师乃至广东律师的荣耀。孙泽明是他的伯乐,我费广涛何尝不是他的贵人？

晚上赵彬彬也是太高兴了，他在孙泽明的带领下，频频向参加论坛的前辈与领导敬酒，邀请他们多来所里指导工作。赵彬彬不知道喝了多少酒，最后被李月华搀扶着送上了车。

赵彬彬到家后挣扎着洗完澡，倒在床上便呼呼大睡过去。李月华等到赵彬彬睡着了才离开。

赵彬彬半夜里醒来，逐渐恢复了清醒。孙泽明带来的轩尼诗看来是真品，不上头、不口干的酒，才是好酒。赵彬彬突然想找个人说话，一看钟是凌晨三点，只好作罢，继续睡去。

蒙眬中，他脑海里突然闪现了黄晓娅、姜红艳、施晓慧、温凤岚、邬佩玲等人，最终合成了一个人，有些像黄晓娅，有些像姜红艳，也有些像施晓慧，最后竟然是施晓慧的身影。他与施晓慧带着儿子明仔去海边散步，在沙滩上嬉戏，旁边的人说，多么幸福的一家子啊。

赵彬彬突然被惊醒，大叫"不可能"。他定了定神，发现自己似乎更熟悉施晓慧，如果施晓慧没有结婚，他一定会去大胆追求。只是人家不仅离婚了，还带着一个儿子，即使自己愿意，自己的父母也不会同意。可惜没有早几年遇到，恨不相逢未嫁时。

18

恢复名誉

这两年赵彬彬基本上周末不加班，有事则通知家属"周一上午来我办公室"。

周一上午，惠明律师事务所的门口围了一批人。钱虹以为出了什么事，赶过去一看，原来是几位村干部带着记者举着锦旗等赵彬彬律师过来，向他表示感谢。

赵彬彬出现在惠明律师事务所门口后，立即被众人围在中间。惠海市龙山高新区伦湖镇余屋村的村委会主任余学军从人群中走过来，向赵彬彬致敬，感谢赵彬彬帮整个余屋村恢复名誉。

一年多前，龙山高新区审计部门发现十年前村里修建青山水库电灌站实际花费六十万元，政府财政拨款却有一百万元，审计部门认为这四十万元属于村委会伙同建筑公司侵占的国家财产，也就将案件移交给了纪委监察部门。

纪委监察部门认为该案属于"窝案"，于是将当时的村委会主要成员余学军等七人"一网打尽"，当时挂靠惠海市冰河建筑工程有限公司承包水库水利工程任务的老板元方俊也被抓获，以贪污罪的共同犯罪立案调查。余学军等人为了早点出来，也就陆续"认罪退赃"。纪委监察部门将案件移交给检察院，检察院办理了取保候审手续。

余学军与伦湖派出所的副所长尤哲是老朋友，要求尤哲推荐一位业务能力强的辩护律师。尤哲推荐了赵彬彬，还讲述了"两万斤死猪肉"的故事。尤哲虽然说赵彬彬害苦了他们，但他从内心深处还是佩服赵彬彬这样技术型的律师。

赵彬彬接受委托后，立即去检察院阅卷并向余学军了解案情，发现本案根本不是刑事案件而是民事案件。

2010年1月20日，元方俊挂靠的惠海市冰河建筑工程有限公司与惠海市龙山高新区伦湖镇余屋村村委会签署《惠海市龙山高新区伦湖镇余屋村青山水库电灌站工程发包合同》，约定伦湖镇余屋村村委会将青山水库电灌站工程发包给惠海市冰河建筑工程有限公司，约定价款为一百万元，合同期为一百二十天。2010年12月6日该电灌站工程竣工，12月12日工程验收，12月18日伦湖镇余屋村村委会与伦湖镇人民政府验收合格。

去年以来，各地开始"倒查"非法使用公共财政事务，惠海市龙山高新区工程预算结算审核中心发现该电灌站实际花费与财政拨款相差数额较大，惠海市龙山高新区纪委监察部门认为属于典型的"套取国家公共资金"的行为，属于贪污犯罪。

《最高人民法院关于审理建设工程施工合同纠纷案件适用法律问题的解释》第十六条规定："当事人对建设工程的计价标准或者计价方法有约定的，按照约定结算工程价款。"赵彬彬认为只要元方俊挂靠的惠海市冰河建筑工程有限公司实际请款不超过合同约定的数额，且该建筑工程验收合格并从2012年12月投入使用以来至今完好，村委会的行为与承包公司的行为就属于合法的民事行为，应当得到法律保护。

至于惠海市龙山高新区工程预算结算审核中心制作的《工程结算报告书》认为该电灌站成本价应该是六十万元，一方面该《工程结算报告书》漏算了元方俊挂靠的惠海市冰河建筑工程有限公司实际施工的附属工程，另一方面该《工程结算报告书》仅仅是第三方即惠海市龙山高新区财政局单方面制作，对该电灌站工程建筑合同双方不具有约束力。

《最高人民法院关于建设工程承包合同案件中双方当事人已确认的工程决算价款与审计部门审计的工程决算价款不一致时如何适用法律问题的电话答复意见》明确，"审计是国家对建设单位的一种行政监督，不影响建设单位与承建单位的合同效力。建设工程承包合同案件应以当事人的约定作为法院判决的依据。只有在合同明确约定以审计结论作为结算依据或者合同约定不明确、合同约定无效的情况下，才能将审计结论作为判决的依据"。因此惠海市龙山高新区工程预算结算审核中心制作的《工程结算报告书》对本案不具有任何意义，不能作为公诉人指控被告人构成贪污罪的证据使用。

赵彬彬的专业分析，让余学军看到了希望，他让赵彬彬推荐几位业务能力强的律师代理本案。赵彬彬与来自四家律师事务所的八名律师代理全案八名被告人，组成了强大的律师团。

在惠明刑事部疑难案件分析会上，孙泽明认为本案最关键的环节有两点，一是如何证明本案不属于刑事案件，二是如何解释被告人认罪退赃后集体翻供的行为。律师辩护时要作出合理解释，避免被法官理解为串供，要知道本案被告人集体取保候审。

庭审时八名被告人果然集体"不认罪"，检察官很生气地看着辩护律师。这时赵彬彬站起来，代替全体辩护人发表辩护声明:"我们辩护人尊重被告人当庭陈述的权利,该当庭陈述是否作为新证据参加庭审质证,由法庭决定,辩护人不表示异议。"

主审法官顾凯盛询问公诉人的意见,公诉人孟潇霖表示可以将被告人当庭陈述作为新证据参加庭审质证。赵彬彬的既定方针是,即使被告人不翻供也可以坚持无罪辩护,没想到全体被告人集体不认罪,这倒有些出乎赵彬彬的意料。

法庭询问与法庭质证都很顺利,公诉人明显有些被动。纪委监察部门对有认罪有退赃的案件也有些大意,这就导致本案高度依赖被告人的口供与财政局出具的《工程结算报告书》。

法庭辩论阶段,公诉人认为被告人"有认罪有退赃",但辩护人竟然做无罪辩护,这是滥用辩护权。赵彬彬太擅长应对这种"被告人认罪,律师无罪辩护"的案件了。他认为,被告人认罪只是他们的主观判断,这个主观判断可能与法律事实相符,也可能与法律事实不符。被告人是否有罪,取决于公诉机关提交的法律事实,而不是被告人的主观判断。被告人退赃,则是基于认为自己有罪的主观判断作出的财产处分,这种主观判断一旦属于误判,则这种财产处分也是一种错误处分。法律事实证明被告人有罪,即使被告人拒不认罪也不影响定罪;法律事实不能证明被告人有罪,即使被告人认罪甚至退赃也不能定他有罪。

庭审结束后一个月,法院作出了同意检察院撤回起诉的裁定,该案终于初战告捷。上周五检察院作出了不起诉决定,余学军等人按捺不住满心的欢喜,带着几位被告人领着几家媒体的记者一起来给赵彬彬和惠明律师事务所送锦旗。

赵彬彬握着余学军的手,对《惠海日报》记者温凤岚说:

"这个案件首先要感谢被告人与家属对我们律师的信任,他们冒着随时被收监的危险坚持无罪辩护。其次,要感谢检察院,他们在律师的提醒下发现本案不构成犯罪,及时申请撤回起诉,敢于作出不起诉决定。再次,要感谢法院对律师的辩护和检察院的撤回起诉予以支持,充分保障了案件的公平公正。最后,还要感谢纪委监察部门,他们尊重法律实施,对检察院撤回起诉表示了理解与肯定。"

孙泽明一再强调,律师接受媒体采访时,一定要把自己的贡献忘掉,多谈办案机关推动法治进步的建设性作用。赵彬彬逐渐活学活用,深刻领悟了老子那句"夫唯不争,故天下莫能与之争"。法律职业共同体需要律师与办案机关的共同努力,相互理解相互尊重,才有法治环境的优化。

余学军按捺不住满心欢喜,在村子里包场放电影,还当场向全体村民宣读法院同意检察院撤回起诉的裁定书与检察院不起诉的决定书,告诉全体村民"法律证明我们是清白的""要相信法律、相信法官、相信律师"。

一时间余学军"村干部洗冤"的故事,借助媒体与网络传遍各地,赵彬彬与司法文书上署名的法官、检察官甚至书记员都成了网络红人。

不得不说余学军是个绝顶聪明之人,他的行为不仅让他蒙受的不白之冤被迅速洗清,还让他的无辜的正面形象树立起来,好名声传遍各地。

惠海市律师协会各专业委员会终于成立了,十二个专业委员会的主任都由执业十年以上的资深律师担任。根据"自愿报名,集体遴选"的原则,惠海市律师协会副会长孙泽明兼任首届刑事专业委员会主任,赵彬彬担任秘书长。

孙泽明鼓励符合条件的律师都积极报名参加各专业委员会,因为这是律师专业认证的一张关键名片。姜红艳执业不满三年,因此只能下年度增补再进入刑事专业委员会了。

在市律师协会刑事专业委员会第一次全体会议上,孙泽明表示本届刑事专业委员会的任务是"三个一",即一次刑事论坛、一次专业培训、一本经典案例集。惠海刑事论坛的规格应该超越惠明刑事论坛,惠海市律师协会将邀请国内知名律师给大家授课培训如何组织刑事辩护。惠海市律师协会刑事专业委员会将编写《惠海有效辩护经典案例集》,从今年起将每年评选"十佳经典案例",从而发现和培养一批刑事辩护精英律师,推动惠海刑事辩护专业化建设与精细化建设。

孙泽明规定好了发展方向,赵彬彬则按照这个方向具体落实。赵彬彬发现自己很适合跟着走,自己的想法与孙泽明的构思很合拍。

孙泽明带着赵彬彬、姜红艳去丽江,办理一宗汕头人在该地制造、贩卖毒品的案件。会见完,三人一起去丽江古城、玉龙雪山、泸沽湖走走。办案之余,尽情享受美景美食,赵彬彬这才发现原来出差也可以是旅行。

孙泽明找到一家酒庄,说请大家喝葡萄酒。他们从拉丁美洲的葡萄酒喝到澳洲的葡萄酒,从非洲的葡萄酒喝到亚洲的葡萄酒,最后喝到欧洲的葡萄酒,孙泽明不断介绍这些葡萄酒的特点、应该用什么杯子、应该怎么喝。赵彬彬心想,自己何时才能达到孙主任这种生活段位呢?

姜红艳也对葡萄酒颇有研究,与孙泽明交谈甚欢,只有赵彬彬在旁边听着,满眼的羡慕与失落。奋斗十二年能够跟别人一起喝咖啡喝红酒，但城乡的文化素养鸿沟，却不是奋斗十二年能够弥补的。再过十二年，自己能不能像孙主任一样享受有质量的生活呢？

这一刻，赵彬彬有些自惭形秽，看来回去要分一部分精力到这些休闲文化上，要不要报个艺术班，好好学习一下呢？

19

强拆翻案

常思德持刀反抗养猪场的案件,很快被移送检察院审查起诉。赵彬彬阅完卷,嘱咐李月华写一份不起诉法律意见书。赵彬彬越来越忙,李月华也快要执业了,于是就招了一位新助理黄凯锋。

常思德的行政诉讼案件已经有了结果,惠海市刚刚实施行政诉讼集中管辖,海山县人民法院作出了判决,认为强拆不合法。我国行政诉讼明确规定,"人民法院审理行政案件,以法律和行政法规、地方性法规为依据""人民法院审理行政案件,参照规章"。环保督察组的红头文件不是法律、行政法规、地方法规,也不是规章,当然不是强拆的法律依据。

赵彬彬拿着法院的行政判决书很高兴,告诉常思德的家属说,这个案件很难定案,我们可以约见检察官看看能不能争取不起诉。

黄凯锋是惠海本地人,华东政法大学毕业后在龙襄县法院做了两年书记员与法官助理。今年通过法律职业资格后,家属托人找到孙泽明要过来做实习律师,孙泽明推荐给赵彬彬做助理。

黄凯锋科班出身,又在法院工作过,赵彬彬明显感觉到比李月华这样白手起家的助理上手快。

李月华作为赵彬彬的开山大弟子，更多承担起文案律师的职责，与赵彬彬协同作战效果明显。黄凯锋俨然有独当一面之势，赵彬彬的考虑是，让他逐渐分担一些小案件的办理。

优质资源都是稀缺资源，孙泽明经常接受体制内子弟到律师事务所实习，或者从公检法系统"挖"青年才俊做律师。他对律师事务所的规模要求不大，喜欢中型律师事务所的精品路线。孙泽明之前不喜欢树大招风，认为"前三甲"压力太大，能够在"五强"就心满意足了。不过，发掘到赵彬彬、姜红艳后，孙泽明改变了看法。他认为一家律师事务所要在当地享有一定的社会地位，甚至在人脉资源上处于有利地位，一定要有其他律师事务所难以企及的专业优势。

孙泽明想把惠明刑事部打造成惠海头号刑事辩护团队，让大家只要在惠海找律师，必然首先考虑惠明刑事部，由此，惠明刑事部也就能获得相应的行业标准制定权。自己担任一届刑事专业委员会主任，赵彬彬再担任一届刑事专业委员会主任，足以打造"头牌"影响力。

惠明律师事务所成立后，先后制作了一系列白皮书与宣传册，律师事务所前台放着《惠明刑事案例集》《刑事案件如何请律师》《刑事案件流程图》《珠三角地区看守所路线图》。孙泽明甚至带着刑事部的律师，走访司法局法律援助中心、检察院案管中心、惠海市看守所，把这些图文资料送给各部门，扩大自己的专业影响力。

惠明律师事务所的官方网站、微信公众号、抖音号，也全面铺开。既然惠明刑事部不缺写手，也不缺成功案例，当然很有必要让更多的人通过网络找准律师。

赵彬彬带着黄凯锋去惠湾区人民检察院约谈检察官何芳。赵彬彬提出，本案既然检察院已经认为强拆属于非法行为，那么常思德持刀反抗非法强拆就不属于妨碍公务。至于造成副镇长于鼎祥轻微伤，这只是简单的治安案件。我国《治安管理处罚法》对"故意伤害他人身体的"也只是"处五日以上十日以下拘留，并处二百元以上五百元以下罚款"，即使持刀也仅仅是加重情节而不是从治安案件升格为刑事案件。

此外，常思德手持杀猪刀，对强拆的于鼎祥不是用刀刃砍伤，而是用刀背拍伤，这也说明常思德主观恶意不大，并没有伤害于鼎祥的故意。常思德只是看到妻子被推倒在地一时气愤，他拍伤于鼎祥也属于事出有因。作为丈夫看到妻子被人欺负，有一些过激反应也是正常之举，何况即使在这种冲动的场合他还考虑到用刀背吓唬而不是用刀刃砍伤。

法律立法目的在于引导众人向善，既然常思德的养猪场被强拆没有法律依据，既然常思德没有造成严重后果，建议检察院还是从化解社会矛盾出发，作出不起诉决定。

何芳听了赵彬彬的意见，表示会认真研究律师的法律意见，也会向领导汇报，争取有一个好的结果。会谈结束后，何芳嫣然一笑："早听说赵律师是语言艺术大师，每次都能说得让别人觉得你有道理，今日一见，所言非虚。"

赵彬彬很客气地表示："惭愧惭愧，我不是科班出身，只好把每次与办案机关的沟通都看成是一次学习。"

这么多年与办案人员打交道，赵彬彬越发懂得换位思考，需要站在办案机关的立场上考虑问题，这样的意见他们更能接受。这几天赵彬彬在研读《战国纵横家书》与《战国策》，重温《触龙说太后》感受更深。

赵彬彬不太喜欢死磕辩护，主张律师与办案机关之间是合作关系而不是对抗关系，他们都是为了有效查明事实、正确适用法律。如果说律师与检察官有什么不同，那就是检察官的原则是"不放过一个坏人"，律师的原则是"不冤枉一个好人"，他们共同努力才有"不枉不纵"。赵彬彬很喜欢大V"一梭烟雨"那句话："律师不代表正义，只代表争议。"律师能够提出争议发掘疑点，一定程度上是在帮助办案机关避免冤假错案。

过了半个月，检察院通知赵彬彬去领裁定书，常思德被释放了出来。常思德带着妻子乐丽华、女儿常娅来律师事务所感谢赵彬彬，还制作了一面锦旗。

常娅对赵彬彬说："赵律师这次帮了我们大忙，我们没齿难忘。许多律师听说是妨碍公务案件都望而却步，很佩服和感激赵律师。听说赵律师经常喝酒熬夜，我配了一套中成药，对强肝排毒有一定的效果，就算是对赵律师聊表寸心吧。"

常思德、乐丽华也让赵彬彬不要推辞，赵彬彬想到自己需要饮酒的场所不少，健康问题极为关键，也就表示感谢后笑纳。朋友圈里少不了教师、警察、律师等朋友，赵彬彬也希望有一位医生朋友。许多人脉关系，就是在相互帮助的过程中形成的。你能帮助别人，别人能帮助你，这就有建立在互惠互利基础上的人脉资源。

潘惠娜、喻剑钧、傅德坤又在"密谋"，制造赵彬彬与黄晓娅接触的机会。潘惠娜半开玩笑半认真地说，我们几个都是过来人，黄晓娅依旧单身，赵彬彬早年又暗恋过黄晓娅，只要我们多制造一些老同学聚会的机会，他们总会上道的。

傅德坤说："我知道赵彬彬责任心强，自尊心也很强，还有乡村走出来的一点点自卑感。因此我们帮他，不能被他知道，不然很容易适得其反。只要他与黄晓娅多交往，尤其是让赵彬彬有机会与黄晓娅单独相处，我们再适当点破，应该问题不大。"

潘惠娜说："你在惠海多年，认识的人多。要不安排赵彬彬去黄晓娅所在的学校开一次讲座，让他露一手给黄晓娅看看，让他有机会与黄晓娅多接触，你看如何？"

傅德坤一拍大腿说："我怎么就没想到呢？这事包在我身上，我们老板与他们学校的一位副校长很熟，他们都是市政协委员。以后要赵彬彬经常去黄晓娅所在的学校就好，他们迟早会擦出火花。"

赵彬彬万万没想到，自己竟然会被这些老同学设计。

施晓慧约赵彬彬在棕榈树咖啡馆见面，她说有重要的事情。赵彬彬以为又是什么案件，原来是施晓慧自告奋勇做红娘，想把闺蜜温凤岚介绍给自己，问他这些日子对温凤岚印象如何。

赵彬彬苦笑说："我与温凤岚也就见了几次面，只是觉得她聪明伶俐，办事很认真，而且长得很漂亮，其他我都一无所知。你突然问我对她印象如何，我该如何回答呢？我对她还没有对你了解得多，与她工作之外的接触，都是跟你与明仔在一起吧？"

施晓慧说："我很严肃地跟你说，也是把你当成很要好的朋友，不是把你看成律师。温凤岚人真的很不错，也到了恨嫁的年龄，我觉得你们可以试着相处一下。能成最好，不能成，我相信你的人品也不会害她。温凤岚在浙江大学读书时谈过一个男朋友,毕业后两人坚持了一年多,前两年分手了,她这两年都处于空窗期。你可以试着先跟她交往,如果找得到感觉就可以开始。如果没有感觉,大家可以继续做朋友嘛。你总不能让一个女孩子主动约你,甚至向你主动表白吧,她的感情也很简单。"

赵彬彬也很认真地说:"我当然知道温凤岚是《惠海日报》的美女加才女,业务上也是一把好手,而且受过良好的教育。她文学细胞、艺术细胞、体育细胞都丰富,不像我是遥远的大别山走出来的,除了喜欢读书喜欢徒步几乎没有什么其他爱好。我们可以做朋友,但要说我们能产生爱情组建稳定的家庭,我真的没把握。当然,我很感谢你能关心我的感情生活,感谢温凤岚看得起我。"

施晓慧笑笑说:"看来赵律师已经有自己的目标了,说来听听,是不是你的拍档姜红艳律师?这位律师我也见过,听说是检察官出身,一看就是精明强干型的。你们如果能成,不仅可以在工作上相辅相成,而且在生活上也可以互帮互衬。作为律师工作与生活上的双重伴侣,我也觉得姜红艳很适合你。"

赵彬彬只好老老实实回答说:"我不是去追求姜红艳,我喜欢的是我的高中同学。前段时间得知她竟然也在惠海市,只是十二年没见了。最近见过一次,发现她几乎没有什么变化,我有点过不了她这一关。但许多人说不要娶自己的暗恋对象,娶来了十之八九会后悔,我反而有些犹豫了。如果不去追她,又担心失去这次机会。去追她吧,担心她不接受,结果尴尬,连普通朋友都做不了。我也很苦恼,不知道该如何是好。"

施晓慧说:"我是过来人,听我一句劝,你如果真心喜欢你那位同学就努力去追求。如果你担心她已经不是当初的那个人,那么你还是先接触,慢慢观察再做决定。"

20 意料之外

赵彬彬在惠海一中的讲座很成功,面对数千名学生讲他最拿手的"远离犯罪伤害",驾轻就熟,而且他还将各种真实案例嵌入讲座,学生听得热情高涨。

赵彬彬说:"古代父母责打自己的孩子,'小杖则受,大杖则走',大家知不知道什么意思?"

有学生举手说:"父母用小棍子打你,你就忍受。父母用大棍子打你,你就要逃跑。"

赵彬彬问:"为什么小棍子要忍受,大棍子要逃走呢?"

有学生举手说:"小棍子打你,那是因为孩子犯错误了要处罚,而孩子不会受伤。大棍子一不小心就打伤了,那就不是处罚而是家庭虐待。"

赵彬彬说:"这位同学的回答很精彩。古人还有一种解释,那就是做父母的一定不愿意伤害子女。因此当他拿着大棍子打孩子时,只是一直冲动,真打伤了孩子,他们也会伤心的。为了避免让父母因打伤了自己的孩子而伤心,那么孩子逃跑就是最好的选择。你们今天遇到危险,例如遇上歹徒,应该怎么办呢?"

学生集体回答说:"逃跑。"

赵彬彬说："对，三十六计走为上。"

讲完课，穆静华副校长握着赵彬彬的手连声称赞，邀请他多来学校讲讲课，案例教学比故事还要精彩。

赵彬彬跟穆静华提到自己有位高中同学黄晓娅也在该学校做老师，穆静华很快让年级主任萧晨刚带着黄晓娅过来参加晚宴。黄晓娅见识了赵彬彬在讲台上的思维敏捷、言语风趣，与同学见面时的谨小慎微判若两人，看来赵彬彬不是不善于表达，而不善于感情表达。黄晓娅坐在赵彬彬身边，感受到他举止优雅，看来自己需要重新认识这位老同学了。

回到教师公寓，黄晓娅给好闺蜜潘惠娜打了个电话，谈到了赵彬彬授课的表现，表示今晚赵彬彬的表现不同于从前，变化很大。

潘惠娜接到黄晓娅的电话，恨铁不成钢地说："姑娘你傻啊，赵彬彬这样的好男人你不赶紧下手，难道坐等他被别人抓走？你再不给他一些鼓励，就要小心我的小师妹姜红艳了。好男人是稀缺资源，再犹豫就是别人的了。这么多年好不容易有一位能入你法眼的，不要等到他成了别人的菜，你才后悔没有及时动筷子。赵彬彬对你不够主动，那是因为他对你有些胆怯，这恰恰说明他内心深处给你留了位置。你不给他适当的鼓励，他迟早会落入他同事姜红艳之手，近水楼台先得月啊。"

"小赵啊，你明天上午的飞机去武汉，机票已经让钱虹买好了。你到了武汉与当地的马胜坤律师联系，他会到机场来接你，我们与他合办一个死刑复核案件。你先去了解情况，姜红艳随后带上手续赶过去，她做你的助手但不在合同上签名。律师费用我已经与家属谈好了，你去主要看看案件有没有免死空

20 意料之外

间。如果你认为有免死辩护空间，我就让姜红艳赶过去。"

最近赵彬彬发现孙泽明经常安排姜红艳同他配合办案，即使许多赵彬彬与李月华甚至黄凯锋都能办理的案件，孙泽明也喜欢安排姜红艳一起办理。黄凯锋"人小鬼大"，偷偷对赵彬彬说："姜律师应该是看上师父您了，孙主任这是给姜律师创造机会啊。"

赵彬彬心想，办公室恋情可是职场大忌啊。两个人关系和睦还好，一旦关系失和，则很容易影响工作。自己与姜红艳在业务上当然是绝妙配合，但这种工作上的珠联璧合如果带到家庭生活中，就很可能是悲剧。

自己一直没有女朋友，同事都在操心自己的终身大事，孙泽明也是好心好意，但赵彬彬有些为难。平心而论，姜红艳当然很合适，如果娶了姜红艳，赵彬彬的业务能力能够更上一层楼，他们之间的"彬艳组合"，必然成为珠三角屈指可数的刑事辩护精英小组。只是两个"工作狂"如果结婚了，赵彬彬需要考虑谁来照顾家庭，如果有一个明仔那样可爱的儿子，谁来带他呢？赵彬彬也想过找个律师拍档结婚，两人一起工作一起出差，每次出行都能成为一场度假旅游。

如果没有见到黄晓娅，如果黄晓娅已经脱单，赵彬彬或许会试着与姜红艳交往。只是黄晓娅已经出现在自己的生活里，而且两人开始了初步的感情交流，就不该让感情溢出太多吧。既然倾向于黄晓娅，那还是早做决断吧，不能让姜红艳为难。至于温凤岚，赵彬彬真的没有什么感觉，毕竟他们的交往只是施晓慧的"拉郎配"。

"不要乱说，我与姜律师是工作上的好朋友，感情上我已经有目标了，是我当年的同学。"赵彬彬及时制止黄凯锋的大胆假设，并向他透露了自己的私密故事。

赵彬彬其实也是想通过这种方式，让黄凯锋把自己"有目标人选"的事"泄露"出去，在他与姜红艳之间设置一道"防火墙"。

赵彬彬回到办公室，立即联系了马胜坤律师，初步了解一下案情。

马德坤说这是一宗五百六十公斤的巨额毒品制造贩卖案件，孝感市中级人民法院一审判了五个死刑立即执行与四个死刑缓期执行，我们的当事人排名第三，湖北省高级人民法院二审已经维持了原判。

赵彬彬参加过多次毒品辩护派培训班，知道十万克以上的巨额毒品辩护案件基本都是死刑立即执行。要免死辩护成功只有两种情况，那就是"特情引诱"或者"重大立功"，其他的辩护毫无价值。他这次来武汉，主要是与原来一审、二审代理律师商量本案究竟能不能找到这两种证据材料。

马胜坤很热情，他说明天中午会到武汉天河机场接上赵彬彬，下午与家属见面。

"赵律师是我们湖北的牛人啊，也是我们律师界的黑马。这次有机会与赵律师合作，也是三生有幸。赵律师有空应该经常回湖北老家办办案，这几年湖北的法治环境也进步不少，赵律师这样技术型的律师在哪里都会被重视的。"

湖北武汉，赵彬彬想念那里的武昌鱼、热干面、豆皮、面窝，想念学生时代喜欢看的《特别关注》《知音》《今古传奇》等杂志，还有哺育了中华文化的长江、汉水。离开家乡十几年了，赵彬彬回湖北的日子不多，每次回来都会在武汉待几天再回去。这次回武汉，是否应该顺路回黄冈老家小住几天呢？

晚上明仔突然发病，施晓慧只好打电话让赵彬彬开车送去第一人民医院。忙到半夜，赵彬彬送施晓慧母子回到住处后，才开车回家。

赵彬彬快到家门口时，竟然遇上交警查酒驾。他看到一群醉酒驾驶的车主被公安机关带走，有些百思不得其解，花百十块钱请个代驾司机，不是很方便吗？何必要以身试法呢？

"赵律师，你也在这里？"交警背后突然闪出《惠海日报》的记者温凤岚。今晚查酒驾记者跟在一起，甚至从郊县调来交警在市区执勤，看来市里查酒驾的力度是前所未有的大，新任公安局局长新官上任三把火啊。

"是啊，好在我养成了晚上不喝酒的习惯，避免麻烦交警。"

"不是吧，赵律师是晚上帮晓慧姐送孩子去医院，故意不喝酒吧？晓慧姐竟然没有让赵律师去她家歇歇？"温凤岚有点酸酸地说。

"我们都是好朋友，你要是晚上有事给我一个帮忙的机会，我还不是欣然应允？"

"好了，不谈这些了，我们谈点正事吧。赵律师如何看待查酒驾？我们《惠海日报》正好要做一期专访，赵律师可有空？"

"择日不如撞日吧，我们现场采访如何？"

赵彬彬在采访中，先是高度肯定查酒驾制止危险驾驶的行为，这也是保障公共安全。不过，赵彬彬却对醉驾即使没有造成人身损害或财产损失也追究刑事责任的"一刀切"表示欠妥。

赵彬彬认为，只要醉酒驾车没有造成实际损害后果，都应该按照《刑法》,"情节显著轻微危害不大的,不认为是犯罪"的规定处理,醉酒驾车本身的实际危害并不超过我国《治安管理处罚法》所列举的绝大部分违法行为,完全可以通过行政处罚例如吊销驾照来完成。至于醉酒驾车造成交通肇事等犯罪,完全可以作为加重情节,而不是单独作为犯罪加以约束。如同持刀本身不构成犯罪,只是持刀犯罪构成加重情节。赵彬彬总结说,与其醉驾入刑,不如吊销驾证,这才是充分考虑到罪刑相当与刑事谦抑。

赵彬彬跟温凤岚谈私事时有些手足无措,但只要谈起正事,立马思维严整、表达清晰。温凤岚叹了叹气,略带神伤地向赵彬彬挥挥手,示意他可以走了。

前两天施晓慧告诉了她试探赵彬彬的结果,温凤岚有些难过,但这也不能怪施晓慧,更不能怪赵彬彬,只怪自己没有在赵彬彬的高中同学出现前,与他有更多的交流。与赵彬彬之间的感情故事,还没开始就结束了,温凤岚那天抱着施晓慧潸然泪下。

本来温凤岚对赵彬彬也是抱着试探的想法接触,只是施晓慧一直在鼓动她主动下手,这才让温凤岚对赵彬彬倾注了感情。没想到施晓慧开门见山去问赵彬彬,却带来这样的回答,这真不是她想要的结果。为了忘却这些不快,温凤岚把自己变成了工作狂,半夜跟着交警出来查酒驾,没想到竟然在这里遇到赵彬彬,而且还听他说是帮施晓慧送明仔去医院回来。赵彬彬既然心有所属,又何必对自己对施晓慧这么好,从不拒绝呢?

见到赵彬彬之前,她准备了许多话要问他。等见到了赵彬彬,她却突然忘了该如何责问。看到他满脸的疲惫与满眼的无辜,温凤岚有些于心不忍。

21

重返武汉

这是赵彬彬第一次到武汉天河机场。

赵彬彬长期在黄冈的小县英山生活，直到十二年前当兵才第一次去了省城武汉，但也只是搭乘火车去广东入伍。后来回过几次老家，他也只是搭乘火车。穷人家的孩子懂得生活的辛酸，有火车坐也是一种幸福。

当兵那次来武汉，赵彬彬第一次见到比县城更大的城市。读书、当兵、打工，是老家的孩子们走出大山走出小县的"三条路"。赵彬彬这一生最大的不幸，是没能参加高考没能考上大学，未能通过第一条路进城。

赵彬彬这一生最大的幸运，是通过当兵走出了大山，看到了蔚蓝的大海，而且在海边城市有车有房有事业，这或许对许多城里的青年人而言微不足道，但对于赵彬彬这样的农家子弟而言却实属不易。

武汉天河机场在郊区黄陂，马胜坤开了一个多小时的车把赵彬彬安顿在自己律师事务所附近的商务酒店。"赵律师休息一下，我让家属四点半过来。"马胜坤很会照顾人，他让赵彬彬美美睡一觉再与家属见面。

下午四点，赵彬彬提前来到马胜坤的湖北胜凌律师事务所，这家律师事务所用两位创始合伙人马胜坤、尹凌涛的名字作为字号，是一家共十来位律师的合伙制律师所。马胜坤很热情地带着赵彬彬参观他的律师事务所，介绍这几年胜凌律师事务所的发展。

胜凌律师事务所虽然规模不大，但因为专注刑事案件，而在当地有一定的声望。他们经常与北京、珠三角、长三角的律师合作办案，积累了丰富的经验。过往武汉的律师朋友，马胜坤都会热情招待，还邀请他们参加"胜凌刑事沙龙"。

几年积累下来，胜凌律师事务所编写了五六本《胜凌刑事沙龙演讲录》，这既是培养青年律师的"辩护秘籍"，也是刑事业务的"拓展神器"。赵彬彬在马胜坤身上依稀看到了孙泽明律师的影子。

"不知赵律师喜欢老家的绿茶还是广东的红茶？"

赵彬彬还是喜欢老家的味道，英山云雾曾伴随赵彬彬多年，让他感觉到自己虽然在广东十多年，但骨子里一直是湖北人。只要用玻璃杯泡上一杯绿茶，就有了老家的温暖。

姜红艳经常劝说他要多喝红茶，红茶养胃，赵彬彬觉得有道理，却难以割舍骨子里对绿茶的偏爱。就像在广东多年，各种汤应有尽有，但赵彬彬还是喜欢莲藕排骨汤，一个人内心深处的记忆是永恒的。

"姚女士，这位是广东来的知名律师赵彬彬，他办理过许多经典案例，是孙泽明主任推荐的专业辩护律师，也是孙主任在刑事部的副手。

"赵律师，这位是姚惠泉女士，她老公邵祖光被控告制造贩卖毒品五百六十公斤，被法院判处死刑，现在进入死刑复核阶段。"

马胜坤律师在贵宾室安排了家属姚惠泉与赵彬彬见面,寒暄几句就分宾主落座。

"赵律师,这是一审判决书与二审判决书,这是起诉书与一审辩护词,这是二审辩护词,您先看看,有疑问直接问我与姚女士。"

"姚女士,这是我的名片。我先看一下材料,有疑问再问你们。"赵彬彬按照孙泽明的要求制作了精美的名片,不忘突出"合伙人、刑事部副主任、市律师协会刑事专业委员会秘书长"几个亮点。

赵彬彬看了基本材料,询问了姚惠泉、马胜坤一些问题,做出了初步判断。

第一,本案毒品数量特别巨大,除非有法定免死理由,否则死刑必然会被核准。

第二,巨额毒品免死辩护,从取证程序、毒品数量上切入毫无意义,这些都不足以阻却最高人民法院核准死刑。

第三,五百六十公斤毒品竟然能很顺利地在数千里之遥的辽宁找到制毒物品,竟然能够从辽宁顺利穿过河北、河南运到湖北,一路上畅通无阻,"事出反常必有妖"。

第四,公安机关在邵祖光等人制毒期间毫无动作,制好毒品装好车后立即收网,说明公安机关早就在制毒现场做好了布控,"特情侦查"是必然存在的。这些毒品的制造根本不可能流入社会,不具有任何实际危害性。

第五,如果能够提供重大立功犯罪线索,可以增加保命的机会。不过这种重大立功的犯罪线索,需要真实,需要他本人向办案机关提出,例如反馈给驻所检察室。

马胜坤对姚惠泉解释说,毒品犯罪具有高度隐蔽性和严密组织性,一般的侦查手段很难侦破,因此公安机关往往会使用"线人"或"耳目"甚至"卧底"来获得犯罪证据,这就是"特情侦查"。只要不能排除使用了"特情侦查"手段,则很可能争取最高人民法院不予核准死刑。

姚惠泉听了赵彬彬的简单分析,看到了希望。"赵律师,你一定要帮助我们啊,我是孙主任的老乡,马主任也是孙主任推荐给我的。我与老公都在武汉做投资,在当地有自己的公司。他这次是一时昏了头,卷入毒品案件,你一定要帮助他啊。"

赵彬彬安慰姚惠泉说:"本案件存在免死辩护空间,我们可以努力一下,只要能够说清楚邵祖光存在免死的法定情由,还是可以据理力争的。只是死刑复核程序比较严谨,需要相应的证据能够说服最高人民法院的死刑复核法官。我与马主任商量一下,看本案如何代理。"

马德胜摆摆手说:"我代理了本案一审与二审,死刑复核程序我来协助赵律师。赵律师如何安排,我都配合。我在孝感方便会见,原审的卷宗材料我已经复制了两份,赵律师可以带回去或者我快递给你。"

原定姜红艳带着材料飞武汉协助赵彬彬办理本案,了解案情之后赵彬彬认为姜红艳无须专程过来,不如在马德胜的律师事务所办好手续,赵彬彬带回广东后单位盖章快递给姚惠泉。律师费则由孙泽明与姚惠泉商量好,直接转账到律师事务所就行。

赵彬彬出发前带了会见函,打算会见了邵祖光再回。时间比较紧急,赵彬彬决定先去看守所会见,然后再商量对策。

21　重返武汉

孙泽明听了赵彬彬的电话汇报，只说了句"你全权负责，尽量争取好结果"。

当天晚上，赵彬彬谢绝了马德胜一起共进晚餐的邀请，简单吃了顿老通城的豆皮，随即把自己关在酒店认真阅卷。他需要查找存在"特情引诱"的蛛丝马迹，找出邵祖光"罪不至死"的理由。

马德胜的律师事务所距离高速路口很近，从武汉去孝感也很方便，赵彬彬也就听从安排住在武汉，第二天早起去孝感会见。

第二天，马德胜亲自送赵彬彬赶往孝感市第一看守所，赵彬彬向来喜欢"抢第一班"。看守所不愿意安排两个不同律师事务所的律师会见同一个被告人，赵彬彬只好单独过去会见邵祖光。

赵彬彬向邵祖光表明了身份，谈到自己对这个案件的初步意见，告诉邵祖光本案免死辩护的关键，在于能够找到证据说明存在"特情引诱"，以及邵祖光如若能够举报其他人，则可争取"重大立功"。

赵彬彬让邵祖光仔细想一想，从安排他制造毒品到去辽宁拉制毒"料头"，再到湖北找到制毒地点，直到最后被抓，整个过程中是否太过于顺利？是否觉得有哪些人可疑？如果提供资金安排他制毒的人、提供制毒原料的人、选择制毒地点的人中，有人没有被公安机关抓获，甚至在案卷中"神秘失踪"，那么这些人就有可能是公安机关的"线人"。

邵祖光陷入了沉思，几分钟后对赵彬彬说："我认为湛老板很可疑，只是我没有与湛老板接触过，也不知道他的真实姓名，都是第一被告人汪铭琛与第二被告人祁东森与他联系。我们制毒都是湛老板出资的，他给了启动资金，让我们生产好了都卖给他。

"听汪铭琛说，湛老板普通话带有闽南口音，他也是通过朋友认识的，听说生意做得很大。不过，汪铭琛不让我们与湛老板联系，担心我们甩开他直接与湛老板合作。

"我想起来了，汪铭琛安排我去辽宁拉'料头'，也是湛老板联系好的。我们只知道湛老板神通广大，但并没有怀疑过他是公安机关的线人。汪铭琛让我与祁东森制好毒品，说湛老板会安排人过来验货，结果湛老板没来警察来了。

"我还说警察为什么对我们的行动如此了解呢，原来湛老板是警察的线人啊。我明白了，湛老板只跟汪铭琛见面，只跟汪铭琛、祁东森有电话联系，其他人都没见过他。我一直认为这是他不愿意太多人知道他，原来他是故意隐瞒真实身份骗我们啊。我不服啊，太冤枉了。"

赵彬彬安抚住情绪激动的邵祖光，告诉他如果能够证明湛老板是公安机关线人，那么他们几位保命的希望很大。赵彬彬表示回去会认真研读与湛老板有关的卷宗资料，并与其他几位被告人的律师沟通，共同完善辩护思路。

赵彬彬还鼓励邵祖光要振作起来，积极向办案机关提供其他人的重大犯罪线索，争取重大立功争取保命。赵彬彬还说，现在能够救你的只有你自己，当时的案情只有你自己最清楚，需要你来帮助律师发掘可以免死的新证据线索。

邵祖光隔着看守所的窗户向赵彬彬挥手致敬，他完全把赵彬彬当成了救命稻草。只是不清楚这救命稻草，能不能帮到自己。

按照孙泽明的安排，马德胜带着赵彬彬在武汉小住两天，顺便带他去了黄鹤楼、红楼（辛亥革命纪念馆），还去了东湖、省博物馆、武汉大学。赵彬彬提出想去一趟华中师范大学，那是他的偶像"一梭烟雨"的母校。

赵彬彬对马德胜说："如果不是当兵去了广东，我应该会来武汉。在武汉做律师多好啊，离家近，生活方便，圈子熟悉。去了广东都是白手起家，幸亏遇到了一批贵人。"

马德胜说："每年湖北各地都有律师流向武汉，每年也有武汉律师流向北京、上海、广东，这也是正常的。你现在当然不愿意来武汉做律师了，但你可以经常在武汉办案。只要你回武汉，我们这里都可以作为你的办公点，你在这里会客也方便。"

赵彬彬说："我回武汉一定来拜会你，你有空去广东一定要找我，岭南风光也是不错的，尤其是海边值得一去再去。"

马德胜说："下次来武汉，记得给我们讲一讲你的成功案例。天下律师是一家，需要多一些交流与分享。"

两人握着手："一言为定。"

22

黄冈探亲

赵彬彬没有在武汉停留,还是回了一趟黄冈老家,看望逐渐老去的父母,见一见亲戚和邻居。上次回老家还是四年前,那时做律师的他遇到了前所未有的艰辛,回家看望家人缓缓气。哥哥在外面打工,父亲年迈了还在家种田,这让赵彬彬意识到自己决不能放弃。这些年他都是让父母过来惠海市过年,这里的气候适合老人过冬。

赵彬彬从武汉坐城轨到黄冈,然后转车到英山县里,再转车到村口附近的街上。他谢绝了马德坤开车送他,想要走一遍自己熟悉的家乡路。

看着熟悉的场景,赵彬彬回忆起自己读书时的那些往事。当年就是从这些乡间小路走去村里的小学、乡里的初中、县里的高中,最后坐上火车去了广东当兵。

"毛朝阳?难得遇到你啊,十几年不见了吧?"一位骑着摩托车的汉子站在赵彬彬旁边一直冲他笑,赵彬彬一眼就认出来是一起上小学一起上初中的老同学。

"说来话长,这几年打工不景气,我也缺少一技之长,只好在家载客了。听赵伯伯说你在武汉办事,今天怎么回来了?正好,我送你回家。"

赵彬彬本想自己走回去,他喜欢走路。既然遇到了老同学毛朝阳,那就让他送自己一程吧。一路上两人谈到当年一起上学,后来因为家庭条件不好,毛朝阳初中没读完就出去打工了。

"老赵啊,还是你有出息,读书走出去了,听说你在广东安家了。我们只能在家做些苦力,读书少没有技术,干什么都难。"

把赵彬彬送到了家,毛朝阳坚决不肯收赵彬彬的车费:"你看得起我,还认我这个老同学,我已经很满足了。"

"既然你这么说,我也就不再勉强了。到了午饭的时间,我们也多年没见面,在我家吃个便饭如何?"

赵彬彬的爸爸也邀请毛朝阳留下来吃饭,毛朝阳这才不再推辞。

赵彬彬的父亲赵文盛知道儿子要回来,早就准备了一桌子饭菜,还把赵彬彬的舅舅陈悦生喊了过来。赵文盛打开了珍藏多年的白云边,五个人围坐一团,享受难得的重逢时光。赵彬彬的妈妈陈悦欣很擅长做菜,这次不仅准备了腊鱼腊肉,还专门做了赵彬彬这些年念念不忘的腌菜煮豆腐、丛树菇煮肉。

赵文盛没有一技之长,在老家靠种地把赵彬彬兄弟俩拉扯大。一家能送两个孩子上高中,对于普通农村家庭而言已经很不容易。赵文盛身体不太好,经常要赵彬彬的舅舅陈悦生过来帮忙。不过,赵文盛是种田的一把好手,他曾骄傲地说:"责任制实施以来,咱家就不缺粮了。"

赵文盛对赵彬彬俩兄弟的发展挺满意,只是为当初没能力送他们上大学感到遗憾。特别是赵彬彬,村里的人都认为他有出息,村里最有学问的八老太爷给他取名字"彬彬",就是希望他"彬彬有礼"。

八老太爷早年教过私塾,曾说"读得诗书胜百丘,无须耕种自然收。白天不怕人来借,晚上不怕贼来偷",勉励村里的人认真读书。他经常把村里青少年学生的好作文收集起来念给大家听,赵彬彬的作文就多次被八老太爷念诵。听说赵彬彬没有参加高考就去当兵,他很难过,说读书的好苗子被浪费了。听说赵彬彬退伍后去做了协警,他也很担心,说很有前景的文采被浪费了。后来听说赵彬彬自修读了本科甚至出来做了律师,八老太爷特别高兴,认为这才是赵彬彬该走的"文化人"道路。

上次赵彬彬担心做律师没有前途,想打退堂鼓甚至想回去做协警,这让八老太爷极为生气,他认为赵彬彬要有勇气有胆量坚持下去,并把赵彬彬训斥了一顿。赵彬彬听后豁然开朗,沿着律师的道路坚持了下去,这才有机会遇到贵人孙泽明。

吃过午饭,赵彬彬在毛朝阳的陪同下买了些礼物,一起去看望八老太爷。八老太爷看到赵彬彬他们来了,很是高兴,还掏出他用毛笔誊写的赵彬彬等人的中小学作文,说这是赵家村读书的种子生生不息的渊源。

八老太爷拉着赵彬彬与毛朝阳,聊他们小时候上学的故事。八老太爷说毛朝阳喜欢逃学,赵彬彬则喜欢读书。我们今天的得失,都是当年勤奋努力或者贪玩的结果。

送走了毛朝阳,赵彬彬沿着山路走向村里的小学,听到校园传来的琅琅读书声,赵彬彬想起当年读小学的自己。那时风里来雨里去,沿着田间小路去学校。这时耳边飘过"小呀嘛小儿郎,背着那书包上学堂,不怕太阳晒,也不怕那风雨狂,只怕先生骂我懒呐,没有学问那无脸见爹娘"的歌声,赵彬彬不

22　黄冈探亲

禁跟着一起哼唱。

赵彬彬接着沿着河堤上的大路走向乡里的初中，他在那里度过了最艰辛也是最充实的三年时光。赵彬彬最高兴的事，就是自己的作文被老师在班上念，在校园广播台朗读。赵彬彬遇到了一批关心他的好老师，遇到了一批帮助他的好同学，一路收获感恩收获善良，这也让他的人生道路虽然总是不如人意但也算顺利。

走进校园，偶遇初三时的班主任李晓刚老师，他一眼认出了赵彬彬，连忙伸出手来。

"赵彬彬，有空回来看看啊？听说你去广东做了律师，真不容易啊。"

赵彬彬赶紧握住李晓刚的手："这次到武汉出差，顺便回来看看，想见一下老师。我刚走进校门口就遇到您，这也太巧了吧？"

李晓刚带着赵彬彬在校园散步，还把赵彬彬领到初三年级组办公室，他又见到了许多当初的老师。寒暄几句后，李晓刚让赵彬彬给班上的学生上一次作文课："你那么擅长写作文，要给学弟学妹们传授一下经验啊。"

赵彬彬跟着李晓刚来到班上，他介绍了赵彬彬的传奇故事与诸多头衔，特别介绍赵彬彬十几年来坚持每天读书、写文章的好习惯。李晓刚总结说，所有的不平凡背后，都是一样的努力与坚持。一个能够坚持每天读书写文章的人，坚持数年必然有不俗的成绩。

赵彬彬向同学们回顾自己读初中时，如何参加李晓刚老师组织的课外阅读小组与涟漪文学社："当时的兴趣就是把自己的感悟形成文字记录下来。如果说写作文有方法的话，那就是多看多读多想,即看看外面精彩的世界,读书读报了解别人的思维,思考自己有什么感悟。初中是机械记忆力最强的时期,有兴趣的同学可以每天背背古诗文,所谓'最强大脑'都是长期锻炼的结果。古人熟读唐诗三百首可以吟诗,我们熟读美文三百篇当然可以写出好文章。

"阅读本身就是一种愉悦,当你坚持了一个月、两个月、三个月,你会发现每天不读点书不写点文章,生活就缺少点什么,总觉得有些不舒服。习惯成自然,你的自我要求,逐渐会变成生活习性。

"写作与阅读会伴随你们这一生,无论是读书上学,还是工作后继续提升自己,都需要通过阅读借鉴他人的经验,都需要将自己的心得体会记录下来。当你形成了阅读依赖与写作依赖时,你就不用再担心会不会写作文会不会读书了。

"一些同学总认为自己没有时间,学习负担太重难有空闲。但就像喜欢唱歌的人总会有时间哼哼歌,喜欢打球的人总会有时间打打球,喜欢看电视的人总会有时间看电视一样,只要你愿意去挤一挤,时间总会有的。一则我们可以提高学习效率,缩短做作业的时间,从而留出阅读与写作的时间;二则我们可以把别人睡觉、闲谈的时间甚至碎片时间集中起来阅读与写作。重要的不是要我们能够写出精妙的文章,而是要养成喜欢阅读与写作的好习惯。鲁迅也说过,哪里有什么天才,我只是把别人喝咖啡的工夫用在了工作上罢了。孔老夫子说得更直接,'十室之邑,必有忠信如丘者焉,不如丘之好学也'。这说明勤奋才是我们成长的关键,我不能保证比别人聪明,但我可以保证比别人勤奋。"

赵彬彬最后说:"读书所谓何事?那首《读书郎》说明了

一切，我们一起唱这首歌可好？"

在熟悉的《读书郎》歌声中，赵彬彬结束了这次写作课。

赵彬彬走在乡间的小路上，回忆起自己打着油纸伞上学的往昔，他暗暗下定决心，以后每年都要回老家走走，这里才是自己的根基。

平时很少回来，这次回来父亲带着他去给爷爷、奶奶上坟。鞭炮声中，赵彬彬想起小时候爷爷带着他放牛，奶奶领着他打猪草的画面。奶奶还经常说不知道能不能看到他接媳妇，可惜在他读高一时奶奶就过世了，这也使得他整个高中阶段一直都很压抑。高中时代的沉默寡言，与初中时代的能言善辩，完全判若两人。赵彬彬心想，如果奶奶知道她未来的孙媳可能是自己的高中同学，会做何感想呢？

爷爷在赵彬彬当兵时过世了，他对赵彬彬的要求是"敢打敢唱"，只要是你认定的事，就一定要坚持下去。爷爷临终前都没有见到赵彬彬一面，这让赵彬彬很是悲痛。爷爷临终时说，一直想帮彬彬带孩子，看来这一生已经不可能了。只希望彬彬能娶个本县的媳妇，以后能够经常回老家看看自己。

赵彬彬还跟着母亲与舅舅去了外公、外婆的坟头，他小时候有一半的时间是在外公、外婆家度过的。记得外公家有一棵樱桃树，还有一棵枣树，每到果实成熟季节，外公、舅舅就带着赵彬彬与哥哥去摘樱桃、枣子。

上学后，外婆则让舅舅用竹篮装着樱桃、枣子送过来给赵彬彬哥俩吃。可惜这样的日子一去不复返了，外公、外婆也在赵彬彬读高中时过世了。

在家住了几天，孙泽明催着赵彬彬返程。赵彬彬临走前约上村里的同学，一起热热闹闹地吃了一顿饭。他很享受老同学在一起说方言谈家长里短的幸福时光,也很享受大家一起回顾读书的故事,这才是情真意切的生活。

酒酣耳热之际,同学们起哄说,赵彬彬你什么都好,就是迟迟不结婚这不合适啊,不会是等待哪位女同学吧?毛朝阳也起哄说,今年无论如何要带嫂子回来过年,不然如何向叔叔阿姨交代啊?说起脱单的事,赵彬彬脑海里立即闪过黄晓娅的影子。

赵文盛与陈悦生把赵彬彬送上去机场的大巴,看着渐渐远去的车站与县城,赵彬彬耳边再次响起"小呀嘛小儿郎,背着那书包上学堂"的歌声,他不禁热泪盈眶。熟悉的家乡热土,又要离开了。

父亲曾牵着自己的手送到小学,父亲曾经挥挥手送别自己去初中,父亲曾经挥挥手送别自己去高中,父亲曾经挥挥手送别自己去当兵……自己这半生就在与父亲的牵手与挥手之间走过了。

23 | 港口血案

赵彬彬终于赶回了广州白云机场。

在回惠海的路上，黄凯锋一边开车一边汇报几宗案件的文案处理情况，赵彬彬提出修改意见，要求黄凯锋这两天拿出修改稿。

在车上，赵彬彬还接到秦凯歌打来的电话，他们学校政治老师何锦辉体罚学生，遭到家长投诉要求辞退何老师，教育局和学校压力都很大。

赵彬彬认为，除非何锦辉明显存在严重违法行为，否则学校不应该辞退教师，这不仅会寒了老师们的心，而且会导致此后老师们不敢约束课堂上捣乱的学生。

赵彬彬苦口婆心地说服秦凯歌，并让他转告教育局，体罚学生的老师如若没有对学生造成伤害，只要不是无故责罚学生，都应该被宽容被保护。学生也应该被告知，老师是爱他们才会管教他们甚至责罚他们。要让学生感受到老师的爱，而不是去恶意揣测老师，这样学生才能在爱的教育中健康成长。

秦凯歌对赵彬彬的解释极为佩服："你不仅是在帮助何老师，也是在帮助被体罚的学生，甚至是在帮助我们所有的教育工作者。你今天回惠海，要不我们今晚聚一下帮你洗尘？反正你又没结婚,不用给老婆报备。"

赵彬彬突然感到很伤心,不就是没结婚嘛,不能这样欺负我们单身狗吧?

老同学傅德坤、喻剑钧又约赵彬彬吃腊猪脚,也是帮他接风。有女生在身边还是有些放不开,只有几个老男人时才能畅所欲言。

几杯酒下肚,傅德坤、喻剑钧八卦起来:"老同学啊,你与女神黄晓娅进展如何了?这磨磨蹭蹭三个月了,进度不行啊。老赵啊,要是老喻,都已经度完蜜月回来了。你已经老大不小了,再拖延下去,就是娶了黄晓娅以后也是高龄产妇吧?你不能不考虑别人的身体啊。我看你应该今年结婚明年生娃,选准了目标岂能犹豫不决?"

"老赵啊,你这是精明有余决断不足啊。我们公司有个湖北老乡,大学时喜欢班上的同学,犹豫了两三年竟然没有下手,结果被隔壁的同学追走了,优柔寡断害死人啊。"喻剑钧也对赵彬彬有些不满,一群同学都在关心这对"剩男剩女"的婚事。

大家正在兴高采烈大块吃肉大碗喝酒时,电视里突然报道惠海港口发生血案。

"一名男子戴某自称钓鱼回家途中,被二十多名同村男子袭击,浑身是血突出重围。目前该男子正在医院抢救,他认为自己可能因为十年前的村民冲突而被对方报复。惠海电视台会继续跟踪报道,敬请关注。"

"港口还有人打架斗殴吗?戴某一个人被二十多名同村男子打伤?这名男子也真是命大,那二十多名同村男子竟然如此嚣张,是该'扫黑除恶'打一打他们的嚣张气焰了。"喻剑钧很同情这名自称被二十多人群殴的男子戴某。

"一个人被二十多人群殴，还能逃出来，这小子不是当过兵，就是对方太水了。"没有看到打斗的视频，傅德坤只能猜测戴某的身份。

"我觉得戴某可能是撒谎。如果真是当兵的出身，反而不会轻易跟别人结仇，而且别人知道他当过兵受过格斗训练不会紧逼他。电视台没有采访对方，也没有采访公安机关，似乎另有隐情。"

赵彬彬刚才饱受老同学的调侃有些木讷，但遇到法律问题他立即恢复了专业风范，开始侃侃而谈。

"赵律师好，我是惠湾区检察院的小谈，您是否有空听电话？"赵彬彬突然接到谈俊杰的一条短信，对他的客气很是惊讶。

赵彬彬立即拨打电话给谈俊杰，谈俊杰寒暄两句立即步入正题："赵律师，我的一位亲戚在港口被刺成重伤，还被港口派出所拘留了，说他参与聚众斗殴。我知道您很忙，但这个忙您一定要帮啊，这种媒体关注的热点案件，只能靠你们律师去据理力争。"

赵彬彬满口答应谈俊杰的要求，约好第二天上午家属来办公室交流。赵彬彬走技术辩护模式，许多人脉资源难以发挥作用的硬骨头案件，也就需要赵彬彬去攻坚。办案人员把自己亲戚的案件推荐给律师，这是对律师专业能力的最高肯定。

上次看守所会见，惠湾区人民法院就有刑庭法官周文清直言不讳地说："赵律师，我们很想开你的庭，又不想开你的庭。喜欢开你的庭，就想听一下你怎么说，每次都能出乎我们意料；不喜欢开你的庭，是因为开你的庭不好写判决书。当然，如果我的亲戚有案件需要找律师，我第一个推荐你。"

赵彬彬回应说："感谢法官的抬爱，我只是一位新人，做一下技术活。"

第二天上午，赵彬彬在办公室见到了"港口血案"的八位犯罪嫌疑人的家属，宋志军、茅盛海、庞德勋等八人涉嫌聚众斗殴被港口派出所半个月前拘留，前天刚被港湾区人民检察院批准逮捕。宋志军、茅盛海、庞德勋等三人被戴剑锋刺成重伤还没完全康复，竟然也被逮捕，让人难以置信。

根据几位家属的介绍，宋志军的住房附近有戴剑锋的哥哥戴剑平家的冻库，晚上冻库噪音很大。三个月前的一天晚上，宋志军就与戴剑平商量能否采取一些措施降低噪音，双方一言不合发生冲突，戴剑平甚至带着几个人冲到宋志军家的大门内，宋志军就与妹夫茅盛海一起拿着木棒将戴剑平赶走。戴剑平回去拿了木棒过来继续纠缠，宋志军就拿出菜刀追赶戴剑平。戴剑平带着人回去后，双方各自散去。

三十分钟后，戴剑锋钓鱼回来，骑着摩托车直接冲到宋志军家门口，对宋志军谩骂并挑衅。宋志军、茅盛海走出来与他理论，庞德勋等在宋志军家看电视的邻居也过来围观。双方发生推搡，戴剑锋突然从背后拿刀刺向宋志军、茅盛海、庞德勋等八人，还将宋志军、茅盛海、庞德勋等三人刺成重伤。公安机关很快就以故意伤害罪抓捕了戴剑锋，并对宋志军等八名受害人做了笔录。不料戴剑锋的家属找到媒体爆料，向公安机关施加压力。结果半个月前，宋志军、茅盛海、庞德勋等八人被刑事拘留，最近又被批准逮捕。谈俊杰是宋志军的姐夫，他觉得这个案件很蹊跷，但也无能为力，只好推荐赵彬彬。

赵彬彬认为，公安机关认定为"聚众斗殴"，是"各打五十大板",认为双方是"打群架"。如果是普通的"故意伤害案",则只需要追究戴剑锋的刑事责任即可。

本案的关键点在于能否说服办案机关意识到本案其实是两个案件,戴剑平与宋志军等人的聚众斗殴已经结束,三十分钟后爆发了戴剑锋的故意伤害案件。只要我们能够将该案件"切割"成功,则本案可以争取好的效果。

家属很认可赵彬彬的分析,表示要委托赵彬彬等人办理。赵彬彬表示可以代理其中两名领头的犯罪嫌疑人,其他的犯罪嫌疑人建议由其他律师事务所合办。鉴于惠海港在港湾区而不是惠湾区,赵彬彬建议与港湾区的律师合作办案,方便会见与沟通。

赵彬彬、姜红艳分别代理宋志军、茅盛海的辩护,着手处理这场"港口血案"。

上次黄凯锋"一不小心"把赵彬彬在追求老同学的事"泄露"出去后,也让姜红艳知难而退。毕竟律师都是聪明人,生活中没有那么多的狗血剧。

"赵律师,最高人民法院通知下周可以阅卷,您约哪一天?"

"赵律师,市律师协会刑事专业委员会与维权委员会这周五走访市中级人民法院,交流改善刑事律师执业环境等议题,孙主任说您是一线办案律师,一定要参加。"

"赵律师,市律师协会组织献爱心活动,慰问支援西藏的律师,要求刑事专业委员会派人参加,孙主任要求您落实。"

"赵律师,《惠海日报》要给您做一期访谈,您看哪天有空安排一下?"

"赵律师,惠海电台《谈案说法》栏目邀请您参加,谈谈扫黑除恶与全面依法治国的关联性,您看这两天能否安排一下?"

"赵律师,我们监狱要组织一次普法讲座,想邀请您给服刑人员讲讲课,您看哪一天方便,我们等您回复。"

"赵律师,我们惠海一中想请您再讲一次课,谈谈法律思维与青少年健康成长,您看妥否?"

"赵律师,我们政法学院想聘请您为授课老师,分享一下刑事辩护经验。"

"赵律师,中南六省区青年律师论坛,市律协安排三名律师参加,费会长让你报名出席,要求你谈谈律师如何把矛盾化解在基层。"

……

赵彬彬这才发现自己成为惠海知名律师并不是一件好事,有各种事情等着自己。

去年赵彬彬跟着孙泽明等人去贵州荔波旅游,孙泽明突然接到电话,领导通知有一个重要会议要求他参加,孙泽明立即飞到深圳,然后返回惠海。赵彬彬问"什么是重要会议",姜红艳一语中的,"领导认为重要的会议"。

赵彬彬感叹孙泽明"树大招风",而自己是"大树底下有阴凉"。如今,自己逐步被推上"知名律师"的位置,迟早会被各种"领导认为重要的会议"瞄上。

赵彬彬回到惠海后,主动约黄晓娅去天鹅湖水库泛舟。赵彬彬很喜欢天鹅湖水库的满眼绿意,如同老家的白莲河水库。想家的时候,就来湖边小住一宿,看看落日看看朝霞,也很不错。

夕阳西下,赵彬彬举着太阳伞陪黄晓娅沿着湖边缓缓而行，讲着自己这些年的故事。黄晓娅静静地听着，时不时问上几句。赵彬彬觉得自己是个失败者，没能参加高考没能读大学是一生的伤痛，这也导致他只能走最艰难的路，好在有那么多关心他的老师、同学与同事，让他能够一步步走到现在。

黄晓娅的经历很平淡，在家是乖孩子，在学校是乖学生，参加工作了也是安分守己的好老师。她觉得自己没有过人之处，只是运气很好。如果说赵彬彬有惊有险，那么黄晓娅则是无惊无险。

赵彬彬谈到学生时代自己对黄晓娅的暗恋，谈到当兵与做协警期间用这份暗恋鼓舞自己走出来，走下去，黄晓娅不禁有些感动。赵彬彬很想牵一牵黄晓娅的小手，又有些不太敢。

华灯初上，夜色阑珊，赵彬彬跟着黄晓娅依依不舍地走回车上。一路上赵彬彬忙着跟黄晓娅谈自己的发展规划，谈自己的生活理想，谈自己有幸能够遇上初恋。

今天终于迈开了关键的一步，表白之后，赵彬彬不敢走得太快，他想将这难得的幸福时光捧在手心慢慢享受。

两人走到教师公寓楼下时，黄晓娅突然抓住赵彬彬的手不愿意放开。赵彬彬深情地看着黄晓娅，只见她靠着一棵大树羞涩地闭上眼睛。赵彬彬呆呆地站在那里，时间仿佛停止了。

过了好半天，黄晓娅略带失望地睁开眼看着赵彬彬说："夜深了，你早点休息吧。"

24

老板困境

喻剑钧的叔叔喻元发终于拿到了章国清支付的工伤赔偿款六十余万元。章国清说:"如果你不是我的对家律师,我们会成为朋友。"

赵彬彬回应说:"这个案件结束后,我们也可以做朋友。你偌大一家公司,竟然没有常年法律顾问,谁能帮你合法保护自己?"

赵彬彬向来不拒绝与自己的对手合作。章国清也认为赵彬彬是真的汉子,感慨地说:"真是咱们湖北汉子。"

两个男人之间的恩怨,用一顿酒来解决最好,三个男人之间的恩怨也是如此。晚上的湖北风味楼迎来了章国清、赵彬彬和喻剑钧,也算"不打不相识"。

赵彬彬一边吃着腊猪脚喝着绿茶一边对章国清说:"你不一定要帮所有员工购买社保,许多员工也不想购买社保,因为他们最终会离开这里,但你一定要帮那些危险行业的员工购买社保,也要帮管理层的员工购买社保,不然一旦出现意外谁来帮你买单?

"另外,你的公司员工不少,也请了一位总经理帮你处理业务。问题是你竟然每天都在公司,事无巨细都亲自安排,那你每个月花几万块钱请个总经理干吗？你应该给他制订相应的职权与责任，然后督促他完成，而不应该动辄越过总经理指挥各部门。你这样越级指挥，一方面总经理没有权威，员工如何服他？另一方面，各种事情都有你干涉，出了问题如何问责？

"关于喻元发的事件，如果你把管理权交给总经理，必然不会出现这种事。"

"那么赵律师，你们担任公司常年法律顾问，相当于什么？"

"我们担任公司常年法律顾问，相当于军师。总经理是萧何之任，法律顾问则是张良之任。一家公司发展壮大了，老板就应该站在旁边静观其变，选择好总经理就行。"

"赵律师，我们公司需要你这样张良之才的律师担任法律顾问。我们是老乡，我也是看在赵律师的分上，很爽快了结了喻元发案件。相信我们公司总有一天会在赵律师的帮助下壮大起来，最终上市的。"

孙泽明一直告诫赵彬彬不能盛气凌人，即使是自己的对家也应该充分尊重，谁说下一宗案件他们不会找你？赵彬彬感叹说："孙主任就是厉害，太擅长用生意人的思维琢磨事情了。"

章国清不仅很快聘请赵彬彬做公司常年法律顾问，还把赵彬彬推荐给他的朋友熊润生。能把强大的敌人变成自己的合作伙伴，这才是高明之举。章国清闯荡商场一二十年，也是深谙"挖人之道"。

熊润生是梅岭教育集团的老板，该集团开办的梅岭学校这些年走高端路线发展不错，每年高考成绩仅次于惠海一中。要知道梅岭学校高中部的生源和师资都不如惠海一中，能够紧随惠海一中创造高考奇迹，必然有他的"关键先生"。这位"关键先生",就是来自湖北黄冈的校长纪文雄。

纪文雄真是教育奇才,听说此人担任过黄冈某县一中的校长,后来下海来了广东,五年前担任梅岭学校校长。短短几年时间,纪文雄就把梅岭学校从不瘟不火的普通私立学校,打造成惠海私立学校中的"Number one"。纪文雄的教学办法说起来很简单,那就是"解放生产力,发展生产力"。

"解放生产力"就是通过学生评议,放手让那些满意率超过百分之八十的优秀老师自由教学,不去干涉他们,给他们充分的教学自主权。

"发展生产力"就是对于那些年级排名靠前的班级授课老师予以奖励,把教学成绩当成"绩效考核"的重点。

那些满意率超过百分之八十的老师,他们不属于学校常规管理的对象,学校常规管理只需要针对那些满意率不足百分之八十的普通老师。

纪文雄此举不仅让大量优秀老师脱颖而出,而且大幅度降低了教学管理事务,学校行政发现,让老师解放自己,才能最大限度调动他们的积极性。

当然,学校教师平均薪酬比惠海一中高三分之一,这也使得教师们更有激情。好老师带来好的升学率,好的升学率让学校招到好学生,好学生为学校带来利润并促使教师收入稳步增长,也就实现了良性循环。

纪文雄甚至实行"组阁制",即年级主任有权选择班主任,年级主任与班主任共同选择科任老师,这就导致那些教学成绩突出的教师被热捧。

纪文雄认为能教书的老师才是好老师,一所好学校就是由一批好老师组成的。纪文雄的许多做法在公办学校难以开展,在私立学校却可以迅速打造出教学品牌。

纪文雄还要求初中部招生是高中部的一点五倍,小学部是初中部的一点五倍,从而保证高中部的生源质量。按照高中老师的要求招初中教师,这才可以"能上能下",甚至不少老师兼跨高中部与初中部。高中部不盈利只求名气,而以初中部与小学部盈利,这才是纪文雄的精明之处。

不过,纪文雄也是独断专行出了名的,任何他认为不称职的老师都会被辞退。他认为私立学校要用较差的生源实现较好的教学效果,就必须从"解放生产力,发展生产力"上下功夫。纪文雄甚至明确表示,进入梅岭学校的学生必须服从学校纪律,必须尊重教师的惩戒权,家长不在接受学校管理确认书上签字的学生,一律不接收。这反而给梅岭学校树立了行业品牌,受到家长的广泛赞誉。

熊润生与纪文雄最初的组合很不错,但纪文雄的霸道模式发展到后面,整个学校便只知有纪校长不知有熊老板。熊润生几位在学校财务、人事处工作的亲戚,也陆续被辞退,这更引起熊润生的不满。这些年,纪文雄的名气如日中天,熊润生很担心学校失控。

赵彬彬对历史上的"皇权与相权之争"再熟悉不过。他知道这个学校按目前的趋势发展下去,不是"皇权"压倒"相权"从而"外行领导内行",就是"相权"架空"皇权"出现"尾大不掉"。赵彬彬要做的是"调和皇权与相权",毕竟熊润生不懂教学管理,而纪文雄资源有限。

熊润生在章国清的陪同下来到赵彬彬的办公室,黄凯锋泡好茶坐在旁边拿出电脑准备记录。熊润生说明来意,把自己的苦恼告诉赵彬彬,果然是一些人在熊润生耳边"说小话",说这个学校有失控的危险。熊润生想把纪文雄赶走，但又担心梅岭学校就此办不下去。

赵彬彬问熊润生，没有纪文雄，梅岭学校能发展到今天吗？没有纪文雄顶住压力破格启用擅长教学的老师，梅岭学校能发展到今天吗？纪文雄如果带着他一手选拔的教学骨干去了其他私立学校，你觉得梅岭学校还能保持现状吗？今天的纪文雄就像楚汉战争时期的韩信，天下未定时辞退韩信，刘邦能得天下吗？

熊润生老老实实回答"不能"，他也承认没有纪文雄就没有梅岭学校的繁荣，但他又受不了纪文雄太"霸道"。整个学校无论是人事还是财务，熊润生都"针插不进水泼不进"。

赵彬彬问熊润生，公司还是登记在你的名下吧？纪文雄不能不经你同意把学校"端走"吧？你为了省事把董事长私章与财务章都给了纪文雄，如同皇帝把玉玺给了丞相，这才造成今天的局面。你们"合则两利，斗则两败"，如果争斗起来你这做老板的损失更大，纪文雄完全可以找新的学校做校长。

熊润生问赵彬彬，那该怎么办呢？赵彬彬听起来耳熟，这不是刘邦常用的那句话"如之奈何"吗？赵彬彬说我可以去做纪文雄的工作，然后帮你厘清董事长与校长之间的权力划分。纪文雄有韩信之才，刘邦也是担心自己死后无人制约韩信才将其剪除，熊先生还没到需要考虑交班给子女的时候吧？

熊润生听罢秒懂，当场与赵彬彬签署了专项法律服务合同，让赵彬彬作为他的私人法律顾问调解此案。熊润生还表示，无论事情处理得怎么样，一个月内都会与赵彬彬签署常年法律顾问合同，具体服务费用赵彬彬可以自己提出来。

赵彬彬对黄凯锋感叹说，熊润生真有"刘邦之才"，对纪文雄也是"韩信之用",甚至对自己也是"张良之托"。这样的老板貌似憨厚,其实是真正的高明。

赵彬彬找孙泽明请教,孙泽明认为熊润生不是等闲之辈。能够容忍纪文雄这么多年,也是想借助纪文雄把梅岭学校发展起来。纪文雄随时会被熊润生"卸磨杀驴",因此律师需要多做熊润生的工作,避免他被身边的人蛊惑,真以为可以"摘桃子"。至于纪文雄,你与他谈明现实情况就行,让他清楚自己并不是老板,随时可以被他人取代。

上次与黄晓娅在天鹅湖水库泛舟,晚上一起在湖边看星星吹吹风,也是赵彬彬第一次与女生单独在外面过夜。一起看日落,一起看日出,这样的日子是律师忙碌之余难得的从容。

这次赵彬彬又约黄晓娅在棕榈树咖啡吃西餐,主要是想听一下她对学校老师的看法。梅岭学校的关键其实不是校长与董事长,而是教师特别是骨干教师。他们的态度,决定着校长与董事长之间的胜负和平衡。

黄晓娅认为教师眼中其实就是两件事,一是工资高低,毕竟大家都要养家糊口;二是成就感,谁都希望自己在一所有前途的学校,都希望教出一批好学生。至于校长与董事长之间的纠纷,教师一般都是"沉默的大多数",要他们都跟着校长"另谋高就",不太现实。

赵彬彬豁然开朗,有教师支招去说服校长自己就有底气了。当年赵彬彬就对黄晓娅有点小崇拜,特别佩服她流利的英语和娴熟的小提琴。现在发现黄晓娅做了短短五年老师,竟然对教师行业了解得如此通透,再次萌发了"小崇拜"。赵彬彬满眼崇拜地看着黄晓娅,如果不是咖啡厅人多,他都想偷偷亲一口。

男女之间需要一点小崇拜与相互欣赏，这才能保持感情的长久吸引。才女对才子更有吸引力，红颜会随着岁月流逝逐渐衰老，但腹有诗书的才气，却随着岁月沉淀而更具有魅力。

赵彬彬认为两种老板其实都有问题，一种是章国清那样"事无巨细皆决于上"的老板，自己做劳模，自己累死；一种是熊润生那样"一则仲父再则仲父"的甩手掌柜，很容易失控，毕竟"仲父"太难得，谁拥有了权力都很难谨慎行事。赵彬彬需要做的是帮他们"合理分权"，这样的公司才能长远发展。

从咖啡馆出来，赵彬彬大大方方地牵着黄晓娅，走在湖边的夜色中。

25 折冲樽俎

赵彬彬约纪文雄见面,说明来意后,纪文雄冷冰冰地说:"那就下午来办公室喝茶吧。"

赵彬彬在身着帅气制服的女保安的带领下,第一次看到如此气派的办公室与如此高傲的"打工皇帝",他想起四个字:飞扬跋扈。他终于明白为什么当年刘邦夫妇要杀韩信,也明白熊润生为什么想赶走纪文雄。

老板的律师如同老板的"军师"与"使节",纪文雄对老板的律师都如此高姿态,这还得了?

赵彬彬在校长办公室见到了传说中的纪文雄,不得不说,这位黄冈走出来的教育奇才,气场不是一般人可比的。

做律师多年,见到非富即贵的人不少,无论是阶下囚的亿万富翁,还是身陷囹圄的副厅级官员,见了律师都如同见到救命稻草。但纪文雄这样举手投足间洋溢着充分自信的"打工仔",实在不多。也难怪,他毕竟是在春风得意时,并不清楚自己所面临的困境。

纪文雄泡好了茶招待赵彬彬。

"早知道赵律师是惠州名人,也是我们湖北黄冈的知名老乡,帮过我不少朋友的大忙,今日得见也是有幸。赵律师年纪轻轻就有如此成就,实在让人佩服。听说赵律师喜欢绿茶,我特意让人带来英山云雾、信阳毛尖、六安瓜片,不知道赵律师喜欢哪一种,我干脆泡了三杯。"

看来纪文雄接到赵彬彬电话后就做了功课,对他的情况并不陌生。

几杯茶下肚后,纪文雄带着赵彬彬到校园散步。纪文雄向他介绍这些年学校的变化,"这些都是我的功劳"的意思不言而喻。

学校的教职员工和学生见了纪文雄,都毕恭毕敬喊一句"校长好",学生见了老师模样的人都喊"老师好",让赵彬彬感到自己似乎又回到了学生时代。

"黄冈教育"对赵彬彬这代人来说,那是神话一般的存在。在黄冈人担任校长,按照黄冈模式办理的学校里走两步,赵彬彬能感受到师生对知识的渴望和对规则的敬畏。

纪文雄属于老江湖,当然知道赵彬彬这次是代表熊润生来找自己谈话,直接关系到熊润生此后对自己的态度。他先给赵彬彬一些震慑,也是想让赵彬彬清楚自己在这个学校的价值与地位。

两人回到办公室,赵彬彬直言不讳:"纪校长可知今日之危局?"

纪文雄说:"岂能不知,当然是有人进谗言,认为学校发展壮大了我就应该被辞退了。梅岭学校是我一手建设起来的,我知道它的优缺点,也知道如何再造一个梅岭学校。这么多年辛辛苦苦任劳任怨,老板就这么赶我走,不合适吧?我如果跳槽去其他私立学校,这个学校大部分的骨干教师都会跟我走。没有我就没有这么多老师从湖北过来发展,没有我纪文雄的梅岭学校只是二流，有我在才是一流。我的管理模式是别人模仿不了的，不要以为提拔两个副校长就可以复制我的模式。"

看来纪文雄足够自信，他的业绩就是他的品牌，是他敢于在学校"一手遮天"的底气。

"纪校长对梅岭学校的贡献，当然有目共睹。你与熊先生应该继续良性合作，让这个教育佳话传颂下去，而不是就此戛然而止。

"纪校长应该知道，你对这个学校的贡献再大，也不是这个学校的产权人，法定代表人也不是你。你可以借助熊先生的平台创造辉煌，但不要忘了，你在外面闯荡十几年，何曾遇到过熊先生这样信任你，对你放手的老板？你没有向熊先生表示你对学校的忠诚，为的是避免一些人说你坏话误导熊先生，但这反而给这种谗言提供了土壤，这恐怕不妥吧？"

纪文雄很惊讶地看着赵彬彬，虽然他知道赵彬彬是熊润生的"说客"，但他发现，赵彬彬说的这些大实话，自己竟情不自禁地听了进去。

"熊先生赋予我全权代理，与纪校长下一步如何发展，他说听从我的意见。纪校长究竟是要我跟熊先生说纪校长人才难得，对学校也忠诚，只是你们对他存在一些误解呢，还是要我跟熊先生说，纪校长完全把学校看成他的一亩三分地，学校完全失控，必须让纪校长换个位置呢？"赵彬彬边喝茶，边看着纪文雄的眼睛。

"纪校长认为学校的骨干教师会跟你走，其实你错了。这些教师固然是你招来的，但不要忘了'出门千里只为财'。只要熊先生继续改善教师的待遇，只要熊先生从学校中层干部中选拔几个做校长、副校长，纪校长如何保证这些人会跟着你走？我有不少教师朋友，我问过他们的想法，教师都是聪明人，清楚自己想干什么、能干什么，他们从湖北过来不是为了忠于某个人，而是为了那份事业心，为了自己的工作有价值。"

纪文雄知道赵彬彬说的是大实话，他也知道这些人绝大部分不会真的跟着自己走，不过，纪文雄还在考虑自己的退路，那些多次劝说自己跳槽的猎头公司，开出的条件还是让自己心动。

"纪校长如果是因为学校的待遇不好，或者工作上被掣肘而跳槽，这个没问题，'良禽择木而栖，贤臣择主而事'嘛，你这样的能人，必然有人赏识。但如果纪校长是因为抢夺学校控制权失败，而被辞退离开学校，你想过后果吗？"

赵彬彬拿起纪文雄茶几上的一本翻乱的《烟雨三国》，这也是他喜爱的一本历史散文。"我知道纪校长喜欢读三国，请问为什么刘备无论投奔谁都被礼遇，而吕布投奔他人总不被信任呢？纪校长一旦'弑主'而去，你觉得还有老板敢留你吗？

"纪校长也知道办一所学校耗费巨大，纪校长认为自己有能力单独开办一所学校吗？此外，纪校长倘若如此逼迫熊先生，您想过其他人会如何看待你吗？熊先生知道我是刑事辩护律师，也做过协警，你觉得过去几年你在梅岭学校所有的手续都很完备，没有任何利用职务便利侵占学校财产的行为吗？你能保证你花的每一笔钱都有合法用途，都能说明合理的去处吗？"

纪文雄听到赵彬彬的这些话，不禁汗流浃背，他知道自己已经没有了退路。同样是离开学校，自己另谋高就与夺权不成被赶走，甚至送入看守所，是有天壤之别的。

他只好认认真真地对赵彬彬说："请赵律师教我。"全然没有了赵彬彬刚进门时的那种气势。

"我乐于看到两位能人继续合作。熊先生对您言听计从，您对熊先生知恩图报，这才有梅岭学校的发展壮大。纪校长，人最怕的是取得了一点成绩就开始飘飘然，以为自己无所不能，做事业也是如此。多少能臣名将，都这样因为这种误解最终变成了悲剧。

"我希望纪校长听我一言，主动化解矛盾，与熊先生精诚团结继续合作，而不是让这种矛盾被他人利用，让小人挑拨你们之间的关系。梅岭学校发展到今天，你也不愿意看到自己一手创造的教育奇迹就此消逝吧？"

赵彬彬一席话，说得纪文雄心惊肉跳，他这才知道熊润生为什么派一位刑事律师而不是民事律师来与自己谈判。幸亏赵彬彬是来谈判的，而不是直接去公安机关报案的。

其实赵彬彬已经制作好了刑事报案材料，如果和平谈判不能奏效，那么只能刑事报案，组织"强攻"了。

"纪校长，你看看这样行不行。你可以继续做你的校长，但属于熊先生的分内之事，你不可越界。熊先生颁布学校管理制度，明确你的职权范围，你们各司其职岂不更好？"

"我虽然是熊先生的代理律师，但我也是从学生时代过来的，我乐于见到一位教育家在企业家的支持下，继续创造教育奇迹，而不是企业家把教育家赶出校门，甚至送进监狱。"

赵彬彬很清楚，纪文雄根本没有实力与熊润生对抗，他只是用自己的业绩向熊润生提出一些要求。至于学校的骨干教师，纪文雄当然知道这些人不可能跟着他走。

赵彬彬直接捅破了纪文雄的"黄金假面"，纪文雄发现自己别无选择，只能听从赵彬彬的建议。

纪文雄立即换上了一副严肃面孔，很凝重地对赵彬彬表示谢意，表示自己对学校没有二心，自己也是这几年有了一点小成绩飘了。只要熊先生继续信任自己，自己一定对熊先生的安排绝对服从。他还表示愿意接受赵彬彬帮熊润生制定的任何管理制度。

纪文雄在漂亮女保安疑惑的眼神中，毕恭毕敬地把赵彬彬送出学校，并亲自帮他拉开车门。赵彬彬在这一刻，想到了"和为贵"。帮助纪文雄认清自己，这才是从根源上解决问题。

刚刚解决了梅岭学校的纠纷，赵彬彬又作为律师代表，跟着费广涛会长一行飞赴西藏林芝，看望参加中国法律援助志愿者和援藏律师服务团的惠州律师舒春和。

舒春和表示，西藏严重缺乏骨干律师，特别是擅长化解民间矛盾的律师。林芝市司法局副局长屈慕华也表示，希望经济发达地区派出更多的骨干教师来西藏，支援当地的法治建设，特别是完成基层法律服务制度化建设。

屈慕华还带着惠海市律师协会慰问团走入乡村。赵彬彬发现此处严重缺乏律师服务，导致当地的诸多制度建设难以开展。他甚至还发现当地许多文件都不规范，再好的想法，也需要实打实能干事的人啊。不懂法、不知法甚至不识字，成为基层工作顺利开展的障碍。西藏的落后，主要是知识的落后，这就需要有人去传播知识，特别是法律知识与文化知识。

赵彬彬在慰问期间，给藏民组织了多次普法讲座，还给学校的学生组织了历史讲座、文学讲座与法律讲座。面对孩子们一双双渴求知识的眼睛，赵彬彬甚至萌发了想要留下来的冲动。

回到惠海，赵彬彬接到了两个喜讯。

一个是最高人民法院死刑复核下来了,邵祖光没有核准死刑,改为死刑缓期两年执行。另一个是港口血案出结果了,检察院作出不起诉决定书,宋志军等八人被无罪释放。

赵彬彬发现自己的法律意见越来越能被办案机关接受,这究竟是因为办案机关越来越坚持法律原则了,还是因为自己的辩护意见越来越有说服力了,还是两者兼而有之呢?

孙泽明对这两个喜讯大为高兴,认为这不仅是赵彬彬的荣耀,也是惠明律师事务所的荣耀,更是惠海律师的荣耀。孙泽明与费广涛商量,以市律师协会的名义组织一场经典案例分享会,让赵彬彬分享他这些年技术辩护的办案经验。

孙泽明甚至邀请了省内外一些专家学者、刑事辩护大咖作为点评嘉宾。惠海市的主流媒体也对这次分享会做了全面报道,《惠海日报》还给赵彬彬做了大半个版面的专访。

"老赵啊,最近你风头太盛了,要小心啊,一些人可能对你有点看法。须知你还年轻,切不可飘飘然啊。"秦凯歌把赵彬彬当成自己的好兄弟,不失时机地提醒他。

"周末有没有空,你上次建议我保护体罚学生的何锦辉老师,我们终于顶住了压力,教育局也表示理解。何老师想当面向你表示感谢,我也有些学校的事务要向你请教。你要是不嫌弃的话,学校的法律顾问还是你来做吧。"

傅德坤也打来电话说周末御临门泡温泉,与黄晓娅在一起这么久了也该官宣了吧。

26

走向远方

邀约许久的御临门泡温泉之行，终于到来了。

其他人都是一家三口开一辆车过去，唯独赵彬彬载着黄晓娅。被钱虹数落了几次，又被孙泽明提醒几次注意自身形象后，赵彬彬终于把两驱的雪铁龙世嘉，换成了四驱的斯巴鲁傲虎。

赵彬彬许久没有泡温泉了，晚饭后跟着傅德坤等人从一个池子走向另一个池子，享受这难得的幸福时光。

潘惠娜等人对赵彬彬、黄晓娅的"进展太慢""蜗牛速度"表示不满。傅德坤很早就约大家到御临门泡温泉，也是想早日促成赵彬彬与黄晓娅。赵彬彬发现自己与黄晓娅成了大家的"帮扶对象"与"取笑对象"，不觉有些尴尬。

黄晓娅倒是大大方方，没有了最初的矜持与腼腆。难道恋爱中的女生，都比男生更大胆？

黄晓娅其实早就选定了赵彬彬，甚至想早点结婚，但赵彬彬这个"榆木脑袋"有些不解风情，总是行动太慢。如果不是顾忌女生的矜持，黄晓娅都想逼着赵彬彬当面求婚了。

夜深人静，傅德坤、喻剑钧约赵彬彬、潘惠娜品茶。傅德坤喜欢把英山云雾和茶具随车携带，正好可以摆上好好回味。潘惠娜问为何不喊黄晓娅，傅德坤说让她静静，我们谈点私事。

傅德坤认为赵彬彬这几年在惠海发展太快了，无论是在惠明律师事务所，还是在市律师协会，都有些"喧宾夺主"之嫌。即使孙泽明、费广涛袒护赵彬彬，谁能说其他老资格的律师不会对赵彬彬有意见？傅德坤建议赵彬彬对律师前辈多一些恭顺，日常还是安分守己为好。

傅德坤说："赵彬彬分析别人很有水平，但分析自己有些欠考虑。我们作为老同学，当然希望他稳健发展，这需要适当放低姿态。上次市律师协会为了赵彬彬一个人组织经典案例分享会，这就太高调了，其他人多少会有意见啊。这些人也许不直接对赵彬彬说，但谁能保证他们不会背后去挑拨去进谗言？"

喻剑钧颇有些不以为然："律师毕竟是靠本事吃饭的行业。赵彬彬不高调，如何让潜在的客户发现他？赵彬彬没有别的资源，只能依靠自己的业绩获得大家的肯定。我们千里迢迢从湖北过来广东，白手起家，除非有人给赵彬彬提供稳定的案源，否则他必须通过高调获得人气与名气，否则如何生存发展？当然，赵彬彬的高调需要保持两个前提，一是对惠明律师事务所和惠州律协以及司法局忠诚，二是对律师前辈保持尊重，切不可刚刚有点名气就飞扬跋扈起来。"

潘惠娜对这几年赵彬彬的发展，大为叹服。她说赵彬彬留在惠海这样的二三线城市是对人才的埋没，如果到深圳可以获得更好的发展。

她认为，赵彬彬能拿得出手那么多优质案例，足以说明他的业务能力真心不错。赵彬彬的勤奋，加上他的专业与敬业，在深圳这样的舞台上一定能尽情施展。她还表示愿意推荐赵彬彬去深圳的一些知名律师事务所。赵彬彬这样的青年才俊,哪家律师事务所都会表示欢迎。

潘惠娜还说,深圳有许多全国知名的律师事务所,他们很容易就能发掘赵彬彬的潜力,把他包装为全国知名律师。赵彬彬有成功案例,有出色的文采与口才,又勤奋又吃苦耐劳,哪家律师事务所不会抢着要?

至于傅德坤担心赵彬彬这几年声名鹊起,会引起一些人的不满,潘惠娜也认为傅德坤过虑了。律师都是"个体户",只要认真办案,不去损害别人利益,同行不会对你有太多的看法。

潘惠娜认为,惠海这样的城市很适合居住,但赵彬彬如果要更上一层楼,就必须把眼光转向整个珠三角,甚至转向全国。赵彬彬上策是去深圳发展,站稳脚跟了把黄晓娅也带过去;中策是立足惠海辐射全国,把自己变成"挂在惠海的全国律师";下策是满足于惠海本地发展,偶尔出去办办案。

潘惠娜不主张赵彬彬去北京或者上海发展:"我需要对闺蜜负责,你去了远方,必然留下我闺蜜一人,不如你先来深圳,然后她再过来。"

赵彬彬认为自己已经适应了惠海的生活,从当兵到做协警再到当律师,都在惠海周边地区十几年了,已经熟悉了这里的一切。"选择律师终身,选择惠海终老,此生足矣。办案可以去北上广深,但我还是留在惠海比较好,这里有我熟悉的朋友圈子,还有熟悉的人脉人情。"

上次去北京办理死刑复核案件,北京某律师事务所的知名律师项巍就对赵彬彬说,你无论是文笔还是办案能力以及敬业精神都远在誉满全国的"京城网红律师"祝春来之上,只是你缺少一个"京城大所"作为"支撑点"。

项巍说赵彬彬如果愿意来他们律师事务所,他们完全有信心用两三年时间把赵彬彬变成全国品牌律师。

但赵彬彬满足于"小城律师"的角色,喜欢小城故事多。更重要的是在惠海,有那么多关心他的人,爱护他的人,还有他深爱的人。

"老赵啊,今晚夜色阑珊,要不把女神喊过来,你当面向她求婚如何?高中毕业十二年,你竟然还能遇到她,你们竟然男未婚女未嫁,这也是上天安排的,不可辜负。"

傅德坤向来不放过任何一个制造气氛的机会,也难怪此人短短几年能从保安员做到大型物业公司副总。大家纷纷起哄鼓励,只有赵彬彬有些难为情。

潘惠娜一回头,发现黄晓娅就站在门外,立即把她拽进来:"原来你在偷听啊,正好进来让赵彬彬向你当面求婚。长夜漫漫,原来黄姑娘也睡不着啊。"

在众人的起哄声中,赵彬彬从挎包里掏出了早就准备好的钻石戒指:"上次去北京阅卷在王府井大街买的,本想等到明年情人节送给你,既然大家这么开心,择日不如撞日吧。"

赵彬彬把钻戒捧在手上说:"晓娅,你可愿意嫁给我?"

黄晓娅含羞点点头,赵彬彬立即把钻戒戴在黄晓娅的手指上。十二年了,从高中同学到现在,赵彬彬终于赢得了女神的芳心。

"我有一个心愿未了,了完心愿我会一直陪在你身边。"

潘惠娜满眼疑惑:"赵彬彬同学,你不是还有什么人要见吧?遇上了我们女神,与其他任何女士都是前世尘缘已了,晓娅才是你的唯一。"

"我的心愿是去西藏支边一年,这是我上个月去西藏慰问援藏律师后的心结,我想过去做些普法、宣教等工作,为当地法治建设做点贡献。那里的孩子渴望知识的眼神,一直令我难以忘却。如果不去支边一次,我会留有遗憾"。

"我支持你,既然你想去援藏完成你的未了心愿,那就放心地去吧,我会等你回来。不过我有个条件,那就是你每天要给我写一封信,用电子邮件也行。你不在身边的时候,我要你的书信陪伴我。"黄晓娅俨然已是"赵太太",及时对赵彬彬的决定表示支持。

"老赵啊,晓娅这要求对你是量身定制啊。一年也就三百六十五封信,你坚持每天写一封信,一年后不仅是经历过灵魂洗礼的优秀律师,也是养成了写作习惯的优秀写手。当年的语文课代表,这是在培养你的写作能力啊,晓娅也真是用心良苦。"当年的学习委员潘惠娜一眼就看穿了一切。

"晓娅啊,老赵每天给你写一封信,你总不能不回信吧?这一年在七百三十封信的来来往往中度过,你们也真是会生活。你们结婚后这些两地书信都可以作为感情纪念。"潘惠娜总喜欢打趣,依旧是快人快语。

"老赵真是幸福满满,谁笑到最后,谁笑得最好,"傅德坤、喻剑钧从不放过任何活跃气氛的好机会,"我们对老赵只能羡慕嫉妒,可惜我们结婚太早了。"

"两位的夫人都在隔壁啊,这样赤裸裸地说羡慕赵彬彬同学,这可是公然造反啊,不担心嫂夫人家法伺候?离开了嫂夫人的法眼,求生欲没那么强了吗?"众人哄堂大笑。

几个月后,赵彬彬报名参加了"1+1"中国法律援助志愿者行动。在省司法厅、省市律师协会组织的欢送仪式上,赵彬彬作为志愿者代表宣誓"把广东的问候与祝福送到西藏,把广东的法治精神与改革精神送到西藏"。

赵彬彬向送行的人群挥手告别,黄晓娅突然从人群中冲过来隔着栏杆叮嘱道:"记得每天给我写一封信,记得每天要想我,记得我在这里等着你回来。"

赵彬彬抬头仰望,白云从蓝蓝的天空飘过。